极限徒步

天高道远

九域 著

上海三联书店

图书在版编目（CIP）数据

天高道远·极限徒步 / 九域著. -- 上海：上海三
联书店，2022.8
　　ISBN 978-7-5426-7710-5

　　Ⅰ.①天…　Ⅱ.①九…　Ⅲ.①纪实文学–中国–当代
Ⅳ.①I25

　　中国版本图书馆CIP数据核字（2022）第052803号

天高道远·极限徒步

著　　者 / 九　域
责任编辑 / 李巧媚
装帧设计 / ONE→ONE
监　　制 / 姚　军
责任校对 / 王凌霄

出版发行 / 上海三联书店
　　　　　（200030）中国上海市漕溪北路331号A座6楼
邮　　箱 / sdxsanlian@sina.com
邮购电话 / 021-22895540
印　　刷 / 上海南朝印刷有限公司

版　　次 / 2022年8月第1版
印　　次 / 2022年8月第1次印刷
开　　本 / 787mm×1092mm　1/16
字　　数 / 320千字
印　　张 / 25.25
书　　号 / ISBN 978-7-5426-7710-5 / I·1763
定　　价 / 138.00元

敬启读者，如本书有印装质量问题，请与印刷厂联系021-62213990

Content

目录

下篇　佛国问禅

后记　天涯修行陌路上

序言 惜缘

　　本书出版的时候，2018年京道基金·天高道远3.0的活动已经过去一千二百余天。再读书稿，当年横切EBC大环线徒步和不丹问禅的情景历历在目，内心充满感动和感恩，感动于大自然的馈赠和启迪，感恩于团队的鼎力相助和活动关注群体的给力支持。一切皆是缘，珍惜一场共同创造的缘分和油然而生发的这份情愫！

　　这三年多来，世界发生了许多大事，身边也发生了许多这辈子难以忘却的事件。产业的快速转移和迭代升级，变动世界中的国际竞争和合作，新冠疫情的全球暴发和肆虐、管控及伴生，元宇宙的崛起，中国男足失利的懊丧和中国女足胜利的欣喜，2022年中国冬奥会的成功举办和冰墩墩的可爱乃至脱销，以俄乌战争突发为代表的地区不稳定格局，国际大宗商品价格的大幅起落，许多人的通讯录里留下了许多通讯不了的通讯名录。时代浩浩荡荡，昂首阔步地走在21世纪的道路上，我们需要冷静思考，需要奋发图强，有所为抑或有所不为，珍惜人类文明并汲取人类智慧，行有不得反求诸己，每个人应该多一点珍惜当下和感恩当下。

　　记得1990年2月14日，NASA"旅行者1号"探测器在茫茫宇宙中拍了张著名照片——"暗淡的小蓝点"，图像中的小蓝点就是地球，就是我们赖以生存的家园！我们所爱的每一个人、我们认识的每一个人、我们听说过的每一个人、存在过的每一个人，都在这里度过他们的一生，无论伟大还是渺小，无论富有还

是贫穷，无论俊丑，无论夭折还是长寿。在浩瀚的宇宙剧场里，地球只是一个渺小的舞台，想想所有那些帝王将相，曾经或正在这舞台上面杀得血流成河，他们的辉煌与胜利，只让他们成为这个光点上一部分区域转瞬即逝的主宰。个体的装腔作势、妄自尊大，个体在宇宙中拥有某种特权地位的错觉，都受到这个暗淡光点的挑战。在庞大的包容一切的黑暗宇宙中，我们的行星是一个孤独的光点，她强调了个体的责任，人类应该更友好地相处，并且要保护和珍惜这个暗淡蓝点，这个人类迄今所知的唯一家园。

天文学家卡尔·萨根先生在他的科普名作《宇宙》一书中曾经写道："在广袤的空间和无限的时间里，能与你共享同一颗行星和同一段时光是我的荣幸。"这是充满暗物质和暗能量的宇宙给到我们的启示，作为伟大的人类和渺小的个体，难道不应该更让这个世界充满和平和真爱吗？难道不应该更珍惜这短暂相处、擦肩而过的缘分吗？

前生今世，缘起缘灭，延续跌宕，魂灵穿越，佛家或称之为因果轮回！京道基金执着于举办"天高道远"的系列活动，就是在于形成一个共同的认识——热爱和拥抱这个世界，珍惜这个世界的和平与美好，发扬人性的光辉灿烂，修身养性，收敛和管控自身的欲望，亲近自然和正能量的人群，远离做作和负能量的场景，共同荣幸相处于这段短暂而美好的时空里并为之珍惜感恩。

横切EBC大环线的最后一站，身临昆布冰川，仰望巍峨珠峰，我双膝跪地、双手合十，虔诚祈祷身边所有的人幸福安康，真挚期望世界和平与真爱的永续，感恩世界给予我的恩赐，感激灵魂深处升起的刹那而永恒的情愫，能身临其境是我的福分！参加横切EBC徒步的队友们辛苦了，长进了，爱你们。就像后来又到不丹，走在虎穴寺的下山路上，周遭寂静得让我灵魂出窍，貌似肺泡摁下了暂停键，通透了的世界魅力显现，真是惟妙惟肖，希望身边见过的人安好如常，想过的人幸福美满，相处的人互信加持，幸福并有，精神共享！参加和关注京道基金·天高道远活动的队员们、友人们，爱你们！

京道基金创始人
京道基金·天高道远活动发起人

2022年2月24日

雪山徒步

EBC 徒步队友群像

何红章

谢丹

吴柏赓

陆一

杨健

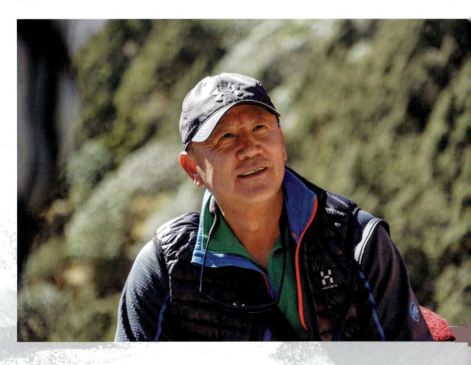

胡惠鹏

孟爱国

罗芳钧

戚玉文

ROCKER（2019年成功登顶珠峰）

杨帆

山，无数的山

Renjo La垭口的经幡，海拔5360米。镜头朝向我们踏上垭口的最后一步台阶　陆一摄于11月6日下午13:27

仰望高山，膜拜神灵，在蓝天大地之间行走，见天见地见自己……

——队员ROCKER

当我喘着粗气踏上最后一阶乱石堆成的台阶，极度的疲惫和缺氧使得我对周围空间的感知几近麻木。伸手用笨拙的姿势抬起横在垭口的经幡，低头向前跨进Renjo La垭口宽不足3米、长不超过15米的平台，当我直起身体一抬头——

刹那间，灵魂仿佛出窍了……

视觉所及带来的巨大冲击，让所有的感官都停止运作，急喘

Renjo La全景，由30张照片合成　**ROCKER摄于11月6日下午13:46，陆一合成**

的呼吸也几近停息，全身的神态、表情和动作，在巨大的惊喜中像被电击一般凝固了……

山，无数的山，一字排开在你的视野中，默默地面对和接受着你的膜拜！

无数次从书中、从电影中、从攻略中和从别人的描述中所得知的那些海拔七八千米的神山、雪峰、冰川、冰湖，扑面而来，列队迎接着你的出现：

视野所及，从左至右分别是格重康（Gyachung Kang）、查昆（Chakung）、琼布（Chumbu）、普莫里（Pumori）、章子峰（Changtse）、珠峰（Everest）、努子峰（Nuptse）、洛子峰（Lhotse）、马卡鲁（Makalu）、乔拉杰（Cholatse）、塔布切（Taboche），还有近处的帕里拉普乔（Parilapcho），以及隐没在群山之后的卓奥友峰（Cho Oyu）、昆比拉峰（Khumbila）、阿玛达布朗峰（Ama Dablam），群峰之下是美丽的Gokyo第三湖和Ngozumba冰川……

　　山川浩荡，雪峰耸峙，亘古无言，面对着已然存在了数十亿年的它们，刹那间，我的魂魄已被劫持，只剩下泪腺还在运作——热泪夺眶而出，不受控制地在冰冷到没有感觉的脸颊上肆意地横流……

　　这么多七八千米的雪峰壁立千仞，世上有几个地方能找到这样无敌震撼的极致景观？在整个EBC所在的萨迦玛塔国家公园（Sagarmatha National Park）的三个顶级垭口——Renjo La垭口、Cho La垭口和Kongma La垭口中，也只有这里，才能真正领略到这样完整的群峰景致。

　　这就是EBC徒步第七天，我们攀升1000米所登临的Renjo La垭口，这里海拔5360米，空气中的含氧量是平地的一半左右。

　　我踏上了这绝美的超级垭口……

　　时间凝固在相机照片的EXIF信息中：2018年11月6日，下午12：58，距离我清晨5：18出发，已经过去了整整7小时40分钟。

Renjo La垭口两边的石柱，就像一扇巨大的天堂之门，而人如蝼蚁 **陆一摄于11月6日下午12:35**

在接近垭口前赶上我的队友戚玉文，已经翻过垭口稍作停留就绝尘而去；从身后超越我、并在垭口前为我最后冲顶拍照的ROCKER和杨哥，还在垭口前迎接着紧随我接近垭口的谢丹和后续队友。

踏上垭口，我还没有完全从面对绝美景色的震撼中缓过神来，转身被同行的一个小女孩的举动惊艳到了。

后来，在微信朋友圈里我这样写道：

EBC最美丽的邂逅——在海拔将近5400米的Renjo La垭口，那天一路同行的徒步女孩在和我几乎前后脚登上垭口后，居然脱去了厚羽绒服，做了一个标准的三角倒立并在风口保持了将近两分钟。这身影映衬着她身后珠峰、卓奥友等一众八千米以上的圣

站在海拔5000米的高原冰湖Angladumba Tsho边，对面几近垂直的峰墙留住了最大的悬念，两峰间的裂隙，就是Renjo La垭口　**陆一摄于11月6日上午10:19**

Renjo La垭口所见的普莫里峰、章子峰、珠峰、努子峰、洛子峰和马卡鲁峰　**陆一摄于11月6日下午12:58**

Renjo La垭口留影   **ROCKER摄于11月6日下午13:43**

山和Gokyo第三湖，恍如成仙了⋯⋯

　　这是一个旅居美国旧金山的女孩，在今天的路途上，她和她的男朋友与我忽前忽后一路同行，在Relama Tsho湖边，我还和她相互为对方拍照，并交谈过几句。她告诉我，她在美国经营一家瑜伽工作室⋯⋯

　　原以为发一张照片、写几句感慨、赢得诸多赞叹就完了。

　　可神奇的事情却刚刚开始——

　　远在菲律宾的2017年天高道远2.0活动的美女摄影师Cara，没多久就在微信上留言：Jing，生活在美国的中国人，她跟我讲过遇到你们。

　　我惊奇地问："啊，你认识？"

　　Cara说："是啊，是不是很神奇？前年就认识了，她当时回国。"

　　后来Cara再一次给我转发那女孩在Cho La垭口以珠峰落日为背景做倒立的视频，她一路上在用这样的方式表达着自己的想法，每到一个垭口她都做这样的三角倒立，拍照片和视频后传到网上，有很高的点击率，可以说是一个网红。

　　我不禁在微信上感叹：天底下这样的几率是不是极小极小？

　　我的发小看后留言：从某种意义上来说，这个世界其实很小很小。

　　也有朋友说：从国际徒步摄影这个圈子看，不一定是小概率事件。因为走这条线的华人确实不多。

　　是啊，在整个萨迦玛塔国家公园内，参与EBC徒步的各国人群中，我们是绝无仅有的高龄中国人团队，又选择了一条相对小众的高冷、绝美路线……

—— 陆一

在海拔5360米Renjo La垭口做倒立的女孩Jing　　陆一摄于11月6日下午1:03

EBC 超级大环线：只为真正的冒险者

尼泊尔珠峰南坡地区的萨迦玛塔国家公园　**ROCKER摄**

> 常常我跟自己说，到底远方是什么东西，然后我听见我
> 自己回答，说远方是你这一生、现在……
>
> ——三毛

2018年5月初，京道基金·天高道远3.0活动初步意向确定为尼泊尔徒步和不丹禅修之旅。

2016年的天高道远1.0活动，京道团队自驾走过了世界边缘的险峻，在珠峰北坡驻留，在冈仁波齐转山，在自然的净土中荡涤心灵、修行万里，使得天高道远系列活动在一开始就站上了一个至高至难的顶级高度。之后的活动，尤其到了3.0，如何设计策划超过1.0的难度和精彩，一直是京道基金高层特别是董事长何红章心头萦绕不去的念头。

过了2018年春节，几次听取资深队友和各方面意见后，初步确定了尼泊尔徒步和不丹禅修的意向。接下来，如何设计规划线路、确定组织方案和保障方案，就成了首要的任务。这次活动与往年不同的是，在前期策划过程中，何红章就引入了京道公司之外的力量。他先后延请了曾参与1.0组织保障、具有丰富高原医疗经验的资深高山向导培训师张艳杰，曾走过ABC、EBC，常年在西藏高原行走和组织参与登山活动的杨健，国内著名的高山摄影师ROCKER，听取他们对活动设计的意见，同时邀请资深队友倪蓓加入不丹活动方案策划，并且请全程参与1.0和2.0活动的随队作家陆一老师加入徒步活动方案的设计工作。

不丹的行程，外人无法插手，都得交给不丹旅游局指定的旅行社安排。而尼泊尔徒步，则有N多种方案可供挑选。

尼泊尔被称为徒步者的天堂，地球上最高的14座山峰，有8座全部或部分分布在尼泊尔境内，令人心神震撼的连绵不绝的山峰、风中飘扬的彩色经幡以及峰回路转之际的田园风光，让无数徒步者心驰神往。

整个尼泊尔，成熟的徒步线路有十数条，如干城章嘉大本营徒步（Kanchenjunga Base Camp）、上慕斯唐徒步（Upper Mustang）、珠峰大本营徒步（Everest Base Camp Trek）、道拉吉里大环徒步（Dhaulagiri Circuit Trek）、安娜普尔纳大环徒步（Annapurna Circuit Trek）、娜娜湖徒步（Rara Lake Trek）、安娜普尔纳大本营徒步（Annapurna Base Camp Trek）、马卡鲁大本营徒步（Makalu Base Camp Trek）、上多尔坡徒步（Upper Dolpo）、郎唐谷地徒步（Langtang Valley Trek）等等。

航拍喜马拉雅群峰　ROCKER摄

众多徒步线路中，以ACT、ABC、EBC最为著名，其中前两条线在安娜普尔纳群峰地区，EBC在珠峰地区。安娜普尔纳地区和珠峰大本营的徒步路线每年都吸引了国内外大量徒步者。

究竟是把安娜普尔纳还是珠峰作为徒步地区的首选？两者各有千秋，曾有资深徒步者对此作过一番比较：

安娜普尔纳群峰VS珠峰		
名气	5 vs 4	前者大环线以及周边短途路线开发已久，且大名鼎鼎，游客远多于后者
雪山景观	3.5 vs 5	后者雪山与冰川无论数量、高度、密集程度、气势规模上均远胜于前者（考虑到多数徒步者目标为雪山，此项权重应高）
人文景观以及民族多样性	4.5 vs 4	前者沿途的民族、村落丰富程度更高，而后者的居住者多为夏尔巴人
沿途景观多样化	4.5 vs 4	前者从海拔800多米缓慢升至峰顶5416米后再缓慢下降到1000米，沿途具有多个气温区域，景观丰富程度胜于珠峰。珠峰地区海拔很快升至4000米以上，较为险峻，略显单调
沿途设施便利性及舒适性	5 vs 4	前者海拔相对较低，气候相对适宜，村落居民较多，加上多年开发，因此沿途旅店等设施的便利性与舒适性强于后者。比如其绝大多数旅店可以提供沐浴功能，而在珠峰地区则很少有旅店可以做到
物价水平	4 vs 5	前者商业化程度更高，也因游客众多使得物价较后者高，但因大多数去珠峰的人为了节约时间，会从加德满都飞至卢卡拉后开始徒步，因此额外需要100—200美元往返机票费用
路线难度	3.5 vs 5	前者起点海拔较低，上升较慢，海拔5000米以上的高点仅有Thorung垭口一处，且无须住宿，相对难度较低；后者大部分海拔在4000米以上，且多处高点位于海拔5000米以上，另多处宿营地在5000米以上或接近5000米，故难度明显较高
登山文化氛围	3 vs 5	由于最高峰的名号、以希拉里为首的登山家在珠峰留下的或悲或喜的各种传奇故事，加上夏尔巴人的传奇，后者的文化氛围明显比前者更好

综合评价，无论是从难度、景观丰富程度还是名气上看，安娜普尔纳都更适合大多数游客，而在雪山冰川景观这一点上珠峰完胜安娜普尔纳。所以如果能适应珠峰难度，徒步主要目的又为观雪山景观，则首推珠峰；如果在尼泊尔只打算去一个地方徒步，就去珠峰；从登山的历史来说，珠峰地区也是感受这种氛围的更好的目的地。

从5月到7月，何红章听取了各方面的意见，和前期策划团队初步确定了徒步地区的选择——EBC。

由于张艳杰档期安排有冲突，于是他在提交了一份EBC主线的直上直下简版行程后，就无法继续参与接下来计划的策划、细化和实施，大家都深感遗憾。

这样，接下来由走过ABC和EBC的杨健与随队作家陆一一起继续协助何红章进行活动策划，特别是徒步的行程规划和实施。

从5月开始到8月初，陆一看了能找到的有关EBC的介绍、攻略、游记和行程规划文字十几万字，相关的影片和徒步者的纪录视频十来部。

最后根据天高道远3.0的总体行程规划、目标要求、可能参与的队友状况，以及张艳杰和杨健的行程建议，陆一在5月底归纳了以下一些活动策划上的问题，提请何红章、张艳杰、杨健和各位作决策讨论用，并请大家补充未尽事项：

1.天高道远3.0活动是否分段：尼泊尔徒步和不丹禅修，都要在加德满都集中和中转。如果需要，可以考虑将行程分为两段：不参加徒步的可在徒步结束前一两天于加都集中，迎接徒步团队并参加后半段不丹的行程——这样可以吸引更多队友参与3.0活动，也可以解决报名人数过多无法一一满足以及一部分队友不能请假太长时间的情况。

2.时间：EBC徒步最佳时间是10月初到11月初，我们的时间段是10月初、10月底还是11月初？——当地9月是雨季，据所看到的攻略游记和视频纪录，10月初因为气候潮湿，可能经常有雾。尤其在日出和日落时分，容易在观景台和高海拔路线上遭遇大雾，而10月底或11月初天气情况会好很多。另外，10月游客人多，尤其是传统常规线路住宿安排难度增加。

3. 加都是否需要寄存行李？是否需要设立接待、收容和中转点？——若设，则徒步不用的衣物、装备可寄存于加都，这样就可以让队友带上旅行箱，不然按徒步要求只能携带大小背包。

4. 徒步向导（背夫）网上攻略倾向在加都正规旅行社寻找，会中文的最好。是否需要队员每人一个？因为每个人体力和徒步速度不同，自己的大包交给背夫，便需要背夫跟随本人。

5. 保障队员人数是否至少三人（包括摄影摄像也是如此）：因为队员体力和徒步速度不同，以转山的经验，队伍每天都会在出发一个小时后拉开距离，到当天终点前后也许最长会相差2—3小时。如果在行进中自然分为前中后三个团队，保障队员和摄影摄像就需要分开跟队，以免保障和摄影来回跑。同时要考虑有队友体力不支需要回送至卢卡拉或加都的情况，对后撤队员的照顾和帮助也会分散保障队力量

6. 线路：是选择张艳杰建议的EBC传统路线，还是加上杨健建议的Gokyo横穿路线？

在讨论到EBC具体徒步路线的选择时，陆一根据所收集的资料，对EBC的基本概念、徒步路线的介绍和最后可供决策的信息作了一个完整的归纳分析：

EBC是Everest Base Camp的简称，直译就是"珠峰大本营"。

同时EBC又特指珠峰地区徒步——因大部分徒步者以珠峰大本营为目的地而简称为EBC路线。EBC徒步路线，是世界上最为著名的徒步线路，也是每个徒步爱好者的终极梦想。

EBC徒步路线位于尼泊尔萨迦玛塔国家公园中。EBC路线聚集了四座海拔8000米以上的雪山：珠峰（8848米，世界第一）、洛子峰（8516米，世界第四）、马卡鲁峰（8485米，世界第五）、卓奥友峰（8201米，世界第六），以及格重康（7952米，世界

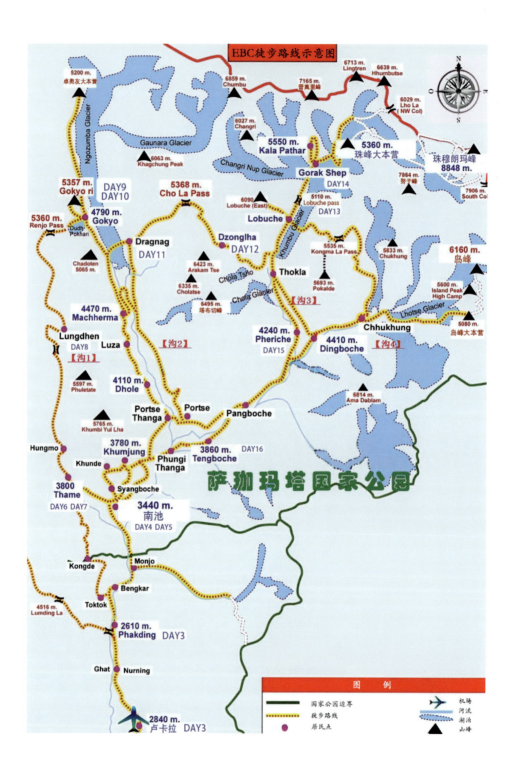

EBC徒步路线示意图

5200 m.
卓奥友大本营

6859 m.
Chumbu

6713 m.
Lingtren

6639 m.
Hhumbutse

7165 m.
普莫里峰

6029 m.
Lho La
(NW Col)

Gaunara Glacier

6027 m.
Changri

5550 m.
Kala Pathar

5360 m.
珠峰大本营

珠穆朗玛峰
8848 m.

6063 m.
Khagchung Peak

Changri Nup Glacier

Gorak Shep
DAY14

7864 m.
努子峰

7906 m.
South Col

5357 m.
Gokyo ri

DAY9
DAY10

5368 m.
Cho La Pass

6090 m.
Lobuche (East)

5110 m.
Lobuche pass
DAY13

Ngozumba Glacier

4790 m.
Gokyo

Lobuche

5360 m.
Renjo Pass

Dudh
Pokhari

Dragnag
DAY11

Dzonglha
DAY12

5535 m.
Kongma La Pass

5833 m.
Chukhung

6160 m.
岛峰

Khumbu Glacier

Chadoten
5065 m.

6423 m.
Arakam Tse

Thokla

5693 m.
Pokalde

5600 m.
Island Peak
High Camp

6335 m.
Cholatse

Chola Tsho

Chola Glacier

【沟3】

Lhotse Glacier

4470 m.
Machherma

6495 m.
塔布切峰

【沟2】

4240 m.
Pheriche
DAY15

4410 m.
Dingboche

【沟4】

5080 m.
岛峰大本营

Lungdhen
DAY8
【沟1】

Luza

Chhukhung

5597 m.
Phuletate

4110 m.
Dhole

6814 m.
Ama Dablam

Portse
Thanga

Portse

Pangboche

5765 m.
Khumbi Yul Lha

Hungmo

3780 m.
Khumjung

3860 m.
Tengboche
DAY16

Khunde

Phungi
Thanga

萨珈玛塔国家公园

3800
Thame
DAY6 DAY7

Syangboche

3440 m.
南池
DAY4 DAY5

Kongde

Monjo

Bengkar

4516 m.
Lumding La

Toktok

2610 m.
Phakding DAY3

Ghat   Nurning

2840 m.
卢卡拉 DAY3

图 例

国家公园边界
徒步路线
居民点

机场
河流
湖泊
山峰

第十五）、查昆（7029米）、琼布（6859米）、普莫里（7165米）、章子峰（7553米）、努子峰（7879米，世界第十九）、乔拉杰（6335米）、塔布切（6367米）、帕里拉普乔（6017米）、阿玛达布朗峰（6856米）等十几座海拔7000米和6000米以上的雪山。

EBC徒步线路的大部分起点在卢卡拉机场。

从左侧地图上可以看到，这一地区从东往西，发源于海拔8848米的珠峰和海拔8516米的洛子峰所孕育的两条冰川，以及海拔8201米的卓奥友峰所孕育的两条冰川，在下游形成了四条沟，由此而分成两片主要徒步区域，一个便是举世闻名的珠峰大本营（EBC），还有一个是拥有着许多风景绝美的高山湖的Gokyo。

从地图上可见，在萨迦玛塔国家公园内，最东面发源于洛子峰的洛子冰川形成的河谷，这是第四沟；

往西，发源于珠峰的昆布冰川（Khumbu Glacier），这是第三沟；

再往西，Ngozumba冰川在下游形成了Dudh河谷，这是第二沟；

最西边的Lumsumna冰川在下游形成了Bhote河谷，这是第一沟；

第四和第三条沟末端在Dingboche和Pheriche之间会合，然后往下过了Tengboche与第二条沟会合；之后沿河谷再往下，直到南池（Namche Bazar）附近与第一条沟会合，最后一直流到卢卡拉。

就这样，沿着四条沟所在的河谷，形成了EBC各具特色的徒步路线。我们可以在地图上从东往西看：

第四沟河谷中Dingboche右侧是通往Chukkung和岛峰（Island Peak）大本营的路线，在那里可以看到洛子峰和脚下巨大的洛子冰川。Chukkung的住处是所有住处里离雪山以及冰川最近者之一，真的是360度雪山包围景观，十分壮观。

第三条河谷中Pheriche往上则多是徒步的主要线路，也就是通常所说的EBC主线。它经过Lobuche、Gorak Shep，通往Kala Pathar珠峰观景台和昆布冰川前的珠峰大本营。这条线路中间，向东可以经过Kongma La垭口与Chukkung和岛峰大本营的路线连接；也可以向西通过Dzonglha、Cho La垭口、Dragnag与Gokyo

努子峰 **杨帆摄**

路线相连。这条线是四条沟中最成熟的，也就是所谓的经典Tea House Trekking路线，沿途每隔一二小时路程就会有村庄或者休息站，所以不用自己携带食物和露营设施，难度大大降低。按LP（Lonely Planet）和大部分攻略的评价，凡是身体健康意志坚强的人都可以走这条线。

　　第二条河谷实际的末端在南池，但它有一个特点，就是河谷两岸形成了两条各有长处的路线，一条是在Dragnag和Phortse到南池之间来回；另一条是在Gokyo和Dhole到南池之间来回。无论走河谷哪一边，线路都相对平缓。这条线通往拥有几个美丽的高原湖畔的Gokyo以及卓奥友峰，那里有Gokyo Ri观景台，可以看到壮观的珠峰地区风景。

　　最后来看第一条河谷，它在Gokyo和南池之间，通过Renjo La垭口、Lungdhen、Thame等几个点连接。这条线有一个其他线

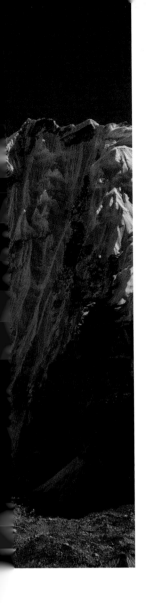

路都没有的无敌超级垭口Renjo La垭口，可以看到最壮观的珠峰地区群峰全景图。但这条线人烟稀少、村落稀疏，补给住宿救援等诸多条件比较差，而且海拔5360米的超级垭口Renjo La垭口坡陡、落差大，攀登难度较高。

到这里可以归纳一下，所谓EBC徒步线路，通常指的是EBC主路，也就是第二沟的路线，即从南池经过Tengboche、Pangboche、Pheriche、Lobuche、Gorak Shep到Kala Pathar和EBC，然后原路返回的路线。全程大约10—12天，是EBC徒步中走的人最多的线路。

而所谓的EBC大环线，指的是沿主路到大本营后，返回途中在Lobuche横切，经过Dzonglha、Cho La垭口、Dragnag到Gokyo，然后沿着第二沟两岸回到南池。当然也可以反向走。这样的话全程会是15天左右。在参与EBC徒步的人中只有三分之一的人会选择走大环线。

最后的所谓EBC超级大环线，也就是圈内所说的三垭口穿越，也就是从南池经过Tengboche、Pangboche、Dingboche到Chukkung和岛峰；然后从Chukkung转向Kongma La垭口再到Lobuche、Gorak Shep去往Kala Pathar和EBC；而后回到Lobuche横切，经过Dzonglha、Cho La垭口、Dragnag到Gokyo，最后从Renjo La垭口、Lungdhen、Thame回到南池。这是逆时针路线，也可以顺时针走，以符合不同的宗教习惯。全程大概要20天。这条线走全程的人极少，如果仅仅算穿越Cho La垭口和Renjo La垭口而到达EBC的人数，在参与EBC徒步的所有人中也只有十分之一不到。LP上给出的结论是：Only for the truly adventurous（只为真正的冒险者）。

整个萨迦玛塔国家公园内有三个著名的观景台——海拔5357米的Gokyo Ri，海拔5550米的Kala Pathar，海拔5548米的Chukhung-Ri（或指海拔5400米的小Chukhung-Ri）。三个高山观景台分别位于第二、三、四沟的徒步线路末端，是观看日落日出和高山冰川美景的重要地点。

　　同时，在整个萨迦玛塔国家公园内还有三个著名的高海拔垭口——海拔5360米的Renjo La垭口、海拔5368米的Cho La垭口和海拔5535米的Kongma La垭口。

　　在三个观景台中比较，如果要全景式看到珠峰周边众多雪峰，以Gokyo Ri为最佳，其他两个因为距离太近，珠峰被身前6000—7000米的努子峰及其卫峰遮挡住了大半，只剩下峰顶一角露出；同样道理，要在三个超级垭口比较所见风景和珠峰的风采，也是以距离最远的Renjo La垭口为最佳。再加上Gokyo附近第一到第三湖青绿的湖水，配上不输昆布冰川壮观的Ngozumba冰川，绝对是不可错过的观景天堂！这应了人生的一句老话：距离产生美，远离了才不会那么盲目……

　　当然，从翻越的难度来说，三个超级垭口中最难的是海拔5535米的Kongma La垭口，其次是海拔5368米的Cho La垭口，最后才是海拔5360米的Renjo La垭口。

　　根据陆一收集整理的资料，以及和杨健反复讨论修改完善后提请决策的几套行程选择方案，在7月底，京道基金董事长何红章最后确定了以下几个关键点：

　　1.整个天高道远3.0活动分EBC徒步和不丹禅修两段；

　　2.最早10月26日左右出发赴加德满都；

　　3.从加德满都往返的EBC徒步争取在16天完成，在两段行程间留一天作为调整日；

　　4.后段是不丹的5—6天行程，由倪蓓联系不丹的旅行社落实；

　　5.由京道基金上海分公司的陆剑峰负责整个活动的行政协调事务；

　　6.由杨健联系一家尼泊尔的夏尔巴登山协作公司负责徒步及在尼泊尔的所有保障事务；

　　7.EBC徒步行程选择EBC主线+穿越Cho La与Renjo La两

珠峰的落日 **陆一摄**

大超级垭口。

8月1日，京道基金微信公众号发出了天高道远3.0活动的英雄帖：

尊敬的先生/女士：

我们是京道基金。

2016年，京道基金成立五周年之际，我们广邀宾朋，畅行天道，问天高，及天远！完成了在世界边缘自驾40天的集体修行，也开启了"京道基金·天高道远"的系列活动。

2017年，京道基金"重走红军长征路·感恩伟大祖国"的自驾活动，从厦门出发，沿着红军长征的主要路线，历经28天，走过13个省市，爬雪山、过草地，一路体验当年红军革命之艰辛，感恩时代给予我们的幸福，感悟人的精神、追求和境界⋯⋯

今年，是"京道基金·天高道远"系列活动的第三年，值此京道基金创立七周年之际，感恩有你，面向未来，再出发。为此，我们筹备了"朝圣诸神之国度，寻找内心之幸福"的徒步修行活动，现诚挚地向您发出邀请：相聚在雪山佛国，阅尽诸神、内省自己。

我们将前往尼泊尔殿堂级的徒步圣地EBC（Everest Base Camp，珠峰大本营）徒步，从卢卡拉徒步到达珠峰南坡大本营；随后前往幸福国度不丹，与皇室成员探讨人生，寻找净化心灵的源头。

"京道基金·天高道远3.0活动"将从10月26日出发，历时十五天，完成虐天虐地的EBC大环线徒步。EBC徒步之后，整个团队将前往不丹，拜谒寺庙、觐见皇室，上悬崖虎穴寺、入山巅古宗堡，探访幸福的秘境，历时五天，活动将在11月18日结束。

EBC不仅仅是徒步者的天堂，更是外观景、内观心的圣地。绝美的冰川雪山风景和令人惊叹的人文景观，会给每一个参与者带来身体的自虐和心灵的超度……所有的一切，都源自您对她的向往和激情。没有执着的心，您就永远踏不上这条修行之路。这也就是EBC同时被释义为Eternal（永恒）、Beloved（钟爱）、Classical（经典）之缘由！而不丹被称为幸福国度的重要原因，是只要您抱着敞怀洗礼的感恩心情，就能与神同行、就能收获安享的。

天高道远1.0，京道团队走过了世界边缘的险峻，在珠峰北坡驻留，在冈仁波齐转山，在自然的净土中荡涤心灵、修行万里。

天高道远2.0，京道团队昂首出发，天地人、精气神，在红色征途的崇山峻岭中探究人生的真谛、国家之伟大、社稷之发展。

今年的天高道远3.0，我们将攀上珠峰南坡，亲近昆布冰川，在高山峡谷、雪域佛国之间回归内心、面向未来，寻求一种平衡的幸福。

朋友们，同道者携手，同行者并肩，让我们再一次共同开启这段难忘的人生征程！真正镌刻在我们心里的必将是内观和无私，是责任和奉献，是战无不胜和攻无不取！

京道基金·天高道远！挑战世界、挑战自己！

报名日期：8月8日至8月18日
征途日期：10月26日至11月18日
京道基金
2018年8月1日

8月中旬，京道基金上海分公司陆剑锋和陆一一起赴拉萨，与杨健会合后，跟正好带家人来西藏转山的尼泊尔登山协作公司Climbalaya的合伙人、总经理Mingma Sherpa见面。

Climbalaya公司每年都要从尼泊尔带领各国登山者来西藏的珠峰北坡攀登珠峰，与西藏登山协会和圣山登山探险服务有限公司有良好的合作关系。

在拉萨，杨健请西藏圣山登山探险服务公司老总次仁桑珠一起参加了京道策划团队与Mingma Sherpa的见面和商谈，最后商量确定了整个EBC徒步路线、时间安排、后勤保障等所有问题。

最终确定的出发时间是10月31日，团队将顺时针穿越两个超级垭口走到大本营，在Tengboche乘直升机下撤。

在英雄帖发出之后，京道基金董事长何红章三次在微信朋友圈里转发以鼓励大家报名：

8月6日：

就20席，京道基金·天高道远3.0！你想青史留名吗？你知道清净无为的境界吗？你知道啥叫挑战世界？你知道啥叫挑战自己？最后几个幸福名额等的就是你！

8月12日：

听从内心的呼唤　纯净

听从上天的安排　自然

听从诸神的旨意　安详

听从京道的号召　睿智

京道基金·天高道远3.0

EBC环线徒步+不丹朝圣

8月13日：

京道基金·天高道远3.0

人生的幸福之道

在于懂得进退

在于懂得舍得

在于懂得孝敬和行善

在于懂得如何尊重自己又懂得放下

来！还有几席！你付出的是辛苦和放空

你得到的是无法预期的幸福

记得余生如何优于已过光阴

密码之道

京道基金·天高道远3.0

EBC徒步&不丹禅问

　　这次EBC徒步，刚开始设定的人数是，连保障队员在内不超过30个人。最后真正成行的是11个人，可见大家对大EBC难度的认识和敬畏。在11位队员中，有3位年龄超过60岁，他们是：吴柏赓（63岁）、陆一（62岁）、杨健（60岁），全队平均年龄超过53.6岁。临行，有一位最早报名的女队员退出，全队只剩下一名女队员：谢丹。

陆剑锋（左）在拉萨与杨健讨论3.0行程方案　**陆一摄**

西藏圣山登山探险服务公司老总次仁桑珠（左）也前来参与讨论3.0行程方案　**陆一摄**

次仁桑珠（右）和Mingma详细讨论确定了3.0行程方案　**陆一摄**

后来在徒步途中，作为组织者的何红章坦言——

其实对这11个人我都挺担心的，甚至我对自己都有点担心：

陆一先生近一个月来牙疾致使口腔大面积溃疡，最后不得已进行非常规医疗做拔牙处理，服用大量抗生素从而成行；

吴柏赓先生在10月25、26日胆结石突然引发胆囊炎，医生强烈建议不能参加活动，然而他在保守治疗后毅然参加；

孟爱国先生和戚玉文先生由于工作原因在10月30日深夜才赶到加德满都，在休息不到4小时后和团队会合直接飞往卢卡拉，压根儿没有适应高海拔的机会；

太极护身的罗芳钧先生为了完成徒步活动，为了把身体状态调整到最好，放弃了去蓝毗尼朝拜佛祖诞生地的机会；

队员中的胡惠鹏先生和谢丹女士，过去都没有连续两天在4000米以上的高海拔经验，说实话我有点担心高反对他俩的压力；

而我自己，由于9月中旬一次高强度的路跑导致右小腿肌肉受伤，没能按计划进行心肺和体能训练，是我的记忆里前序准备最差的一次；

杨健先生、ROCKER和杨帆先生牺牲与家人团聚的时间，摒弃其他重要活动，踊跃参加3.0大环线EBC保障工作，实在感恩感谢。

11位战友面临的是大家都没走过的路，低温、崎岖、缺氧、低压和不可知的风险。

天高道远3.0活动行程安排

天	日期	行程
1	2018.10.29	到达加德满都，入住Yak & Yeti酒店
2	2018.10.30	在加德满都办理进山许可证、补充装备。游览大佛塔（Boudhanath Stupa）、帕苏帕蒂那寺（Pashupathinath）和帕坦城（Patan）
3	2018.10.31	飞往卢卡拉（海拔2840米），开始缓缓徒步至Phakding（海拔2610米）住宿，在此度过第一晚
4	2018.11.1	徒步至南池（海拔3440米）住宿（这是当地主要商业中心）
5	2018.11.2	在南池休息一天以适应当地海拔环境，可短途徒步至感兴趣的景点，如游览游客中心和博物馆，或到珠穆朗玛峰景观酒店领略壮丽景观
6	2018.11.3	徒步至Thame（海拔3800米）住宿
7	2018.11.4	在Thame适应当地高海拔环境。参观村庄之上的Thame Gompa寺庙，俯瞰山谷，这座寺庙是春天庆祝Thame舞蹈节的地方

8	2018.11.5	轻松沿着缓坡徒步至Lungdhen（海拔4380米）住宿，在Marlung（Thame山谷中的一个大村庄）午餐休整
9	2018.11.6	穿过垭口Renjo La（海拔5360米）到达Gokyo（海拔4790米）住宿。沿途可以看到珠峰、洛子峰、努子峰、卓奥友峰、马卡鲁峰和乔拉杰峰
10	2018.11.7	上升至Gokyo Ri（海拔5357米）观赏喜马拉雅山壮观的全景，当天剩余时间可以回Gokyo（海拔4790米）休息
11	2018.11.8	徒步至Dragnag（海拔4700米）住宿，这是一个位于Gokyo东南部冰川边的小村庄
12	2018.11.9	穿越Cho La垭口（海拔5368米）到达Dzonglha（海拔4830米）住宿。今天是很有挑战性的一天，会穿越冰川，要徒步在陡峭的冰面上行走到Cho La垭口，这是连接Dzonglha村庄西部和Thagnak村庄东部的垭口
13	2018.11.10	徒步至Lobuche（海拔4910米）住宿。出发时一路朝东，然后转向北走，绕过Lobuche东部的斜坡（海拔5110米），进入通往珠穆朗玛峰大本营的主路
14	2018.11.11	到访珠峰南坡大本营（海拔5364米），然后徒步返回至Gorak Shep（海拔5140米）住宿
15	2018.11.12	爬上Kala Pathar（海拔5550米），这是一个观景点，位于昆布冰川和连接尼泊尔与中国西藏的Lho La垭口（海拔6029米）西面，在此可以观赏到珠峰、洛子峰、努子峰、普莫里峰和Lobuche壮丽全景。随后徒步到Pheriche（海拔4240米）住宿
16	2018.11.13	徒步至Tengboche寺院（海拔3860米）住宿
17	2018.11.14	直升机飞回加德满都，住在纳加阔特（Nagarkot）的喜马拉雅俱乐部
18	2018.11.15	到达不丹帕罗国际机场（航班号KB401），乘车到廷布（实际车程1小时），途经古铁桥（TACHOG LHAKHANG）
19	2018.11.16	在廷布参观国家纪念佛塔（市民每日转塔最集中的地方）、纪念碑/国家图书馆/传统艺术学校、章岗拉康（保佑孩子的）、扎西却宗/西姆托卡宗（佛学院）、释迦牟尼雕像、邮局、迷你动物园国兽塔金（TAKIN）国家纺织博物馆/民俗博物馆/邮政博物馆，新市场可以买到不丹纺织品
20	2018.11.17	廷布—普纳卡（路程3小时）；多楚拉山口、切米拉康（穿过梯田后到达）、普纳卡宗（Punakha Dzong, 父亲河和母亲河交汇处）
21	2018.11.18	普纳卡—帕罗（4小时车程）；帕罗宗、国家博物馆、周日市场
22	2018.11.19	参观虎穴寺、祈楚寺（国内外许多名人和明星都喜欢在此寺庙举行婚礼）
23	2018.11.20	从帕罗返回加德满都（航班号KB400）

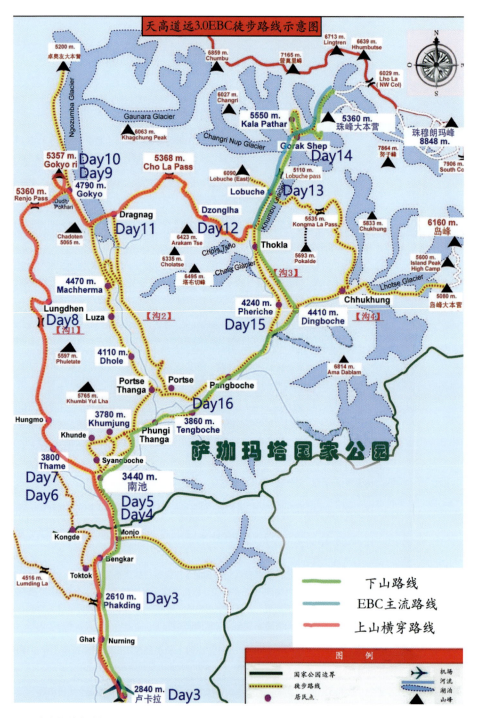

最后确定的徒步路线

所以，实际上在设计和决策之初，京道基金·天高道远3.0活动就必将载入史册，因为它是难度最高的活动。

　　尽管如此，所有队员面对高强度、高难度、高海拔、长距离、长时间的徒步，内心仍跃跃欲试，血脉偾张。何红章在从昆明飞往加都的云巅之上，写下了自己的第一首诗《神往》：

彩云之南向西
不丹　尼泊尔
神奇的地儿哟
值得
用手感触
用脚丈量
山顶坚毅
云彩妖娆
八千米高的山大王们
座连座　肩并肩
亿万年　刹那间
成就了永恒的威望
守护着地球的大门
衔接着外星的灵异

我来咯
地球之巅
那不甚安静的心灵
在朝拜中
静静地休憩
无需拨开云彩
无需打开心结
那雪山云巅的高度哟
静静地测量着
每尊灵魂走过的爱恨情仇
改变和升华着这世间
如此这般
秘而不宣

昆布冰川 **谢丹摄**

　　何红章继续写道：让我们双手合十，懂得放下身段、身心皈依、自然为上；让我们双脚并拢，懂得抬起放下、左右轮回！徒步吧，勇敢地去接受大自然的智慧启迪！敞开心灵吧，无畏地丰满着我们人生之路、轮回之路、缘分福报之路！

　　EBC，我们终于来了……

最高山峰即珠穆朗玛峰 **杨健摄**

Lukla

开始一段触摸天堂的修行

京道基金董事长何红章带头在队旗上签名
ROCKER摄于10月31日上午7:05

> 据说人类永恒不变的三个理想，是行走、永生和预知未来；
> 后两者或将永不可能实现，但行走，蛰伏在每个踏上这片土地的
> 人心里。
>
> ——佚名

10月31日，开始EBC徒步的第一天。

EBC，这是一个可以触摸天堂的地方，任何一个季节走过这条线路都不会让人后悔，这是地球上最好的看雪山徒步线路。

我们挑选了一个最好的季节——雨季已经结束，冬季还未到来。接下来的15天，我们将从海拔2600米的谷地一步一步走向海拔5600米，150公里，经历四季的轮转。

"萨迦玛塔"在尼语中的意思是"从陆地到海洋"或者"世界之巅"，意味着从开满鲜花的林地穿越美丽的村庄和山间小路走向冰雪晶莹的世界之巅！这里有多座8000米以上的雪山，还有散落在沿路的寺庙、玛尼堆、经幡和咖啡馆……

加德满都，Yak & Yeti酒店。
早上6:30，到酒店餐厅匆匆用餐，7:30上车。
出发前往机场前，全体队友在酒店大堂举行了简短的出发仪式。

谢丹签名享受女皇的待遇，一边一个帅哥伺候　　ROCKER摄于10月31日上午7:08

众男神簇拥美女合影，左起：罗芳钧、戚玉文、陆一、何红章、谢丹、胡惠鹏、
孟爱国、吴柏赓、杨健　　ROCKER摄于10月31日上午7:10

我们要带上山的行李（包）和留在加都的行李（箱子）　ROCKER摄于10月31日上午7:11

出酒店上车去机场　ROCKER摄于10月31日上午7:16

　　吴柏赓在他的日记中这样写道：

　　中巴车速飞快地升到40码以上，约20分钟就到达机场的国内航班候机厅，这里熙熙攘攘的人群和机场停车场一样拥挤，简陋不堪的机场设施使我想起中国20世纪80年代的县城汽车站。国内地铁的安检级别远远高出此地机场，真正让人眼界大开。整排的中巴停靠在登机口的窗外，如同中国旅游集散地的大巴。

　　加德满都到卢卡拉的最佳起飞时间是中午12:00之前，之后太阳辐射增强、气温升高，会造成气流变化幅度较大。

　　我们八点前到了机场，航班说是被安排在上午九点之后，等

卢卡拉机场，Mingma
专程前来送行　谢丹摄
于10月31日上午7:51

卢卡拉机场堆满了上山徒步者的行李　ROCKER摄于10月31日上午8:11

我们办完行李托运进入候机厅，在航班信息屏上找了半天，才发现我们的航班延迟到11:30，不料安心坐在候机厅等待时，又忽然被通知9:30起飞。变化之快，令人有些措手不及……

小飞机只有18个座位，没有固定的座位安排，先到先得。所有座位都是靠窗的，这个不用担心。飞机上可以直接看见驾驶舱和飞行员。去卢卡拉的时候如果想看到雪山群，一定要坐飞机左边的位置！

卢卡拉机场于1964年由珠峰登顶第一人埃德蒙·希拉里（Edmund Hillary）自行集资兴建，主要目的是帮助登山者更快地进入珠穆朗玛峰。机场坐落在喜马拉雅山脉腹地，海拔近3000

登机，我们将搭乘这架小飞机飞往卢卡拉
吴柏赓摄于10月31日上午9:03

降落　ROCKER摄于10月31日上午10:41

在飞行途中，全程可见驾驶舱在干什么　**谢丹摄于**
10月31日上午9:14

米，冠有"世界屋脊上的跑道"称号，位列世界十大危险机场第一位。这座机场的选址修建，浓浓彰显着希拉里骑士的冒险精神和乐观态度。

　　机场跑道坡度为18.5度，世界罕见，跑道尽头就是悬崖峭壁，与高速公路上的紧急避险道理一样；跑道仅长460米，不足正常跑道1/8，宽仅20米。跑道一头是干仞绝壁（降落方

所有座位都靠窗，我们几乎包了这架飞机，只有一对西方徒步者加入了我们的航班　**吴柏赓摄于10月31日上午9:05**

向），另一头是万丈深渊（起飞方向）。机场没有地面导航设备（DME/VOR），没有仪表着陆系统（ILS），连地面导航灯（PAPI）也没有，地面中心不能控制起降的飞机，飞行员只能靠目视飞行。又因位于高山深谷之中，沿山谷方向的风使飞机起降时必须对抗持续侧风，飞行员一旦开始尝试着陆就没有回头路。由此可见驾驶员的技术完全可以媲美航母舰载机飞行员了。

徒步者把在卢卡拉机场观看小飞机起落作为一大乐事，此外这里还有出勤率最高的直升机救援队，平均几分钟就会有一架直升机起降。

尼泊尔的航空安全总的来说还是让人忧虑的——基本是每年掉一架飞机的节奏。加德满都到卢卡拉的航线近几年也是每到双数年的8—10月旺季就会出事，让人有比较大的心理阴影。

为此，吴柏赓在出发前一夜久久无法安睡：

10月30日整理好明天徒步的所有装备，早早地躺在床上。查阅第一天徒步的起点，卢卡拉机场的几个数据深深刻到我的记忆中：机场建造在海拔2840m的高度，跑道总长度460m，0m是悬崖、460m是峭壁，跑道不是水平建造的，有18.5度的斜坡，跑道宽度20m。机场是连接加德满都和卢卡拉的唯一通道，每天有30个航班在这里起飞和降落。每年都有一架飞机失事于这条航线……在睡眠中，一直被这几个数字骚扰，凌晨三点多，终于在迷迷糊糊

起飞　陆一摄于10月31日上午10:47

卢卡拉机场密集的直升机停机坪和繁忙的直升机起降　**吴柏赓摄于10月31日上午9:40**

中醒来，睡意全无，原来徒步不仅仅是对体力的考验，也是对精神、意志力的考验……

其实天气晴朗的时候，卢卡拉机场还是比较安全的。怕就怕云层厚到看不见跑道，所以夏天雨季时还是很危险的。但是没有办法，不飞卢卡拉就只能从Jiri徒步过来。

Jiri到卢卡拉的行程情况是：（1）比较耗时，单程少则5天多则7天；（2）路程比较折磨人，经常是爬上去2000米又得下去1000多米，上上下下很耗体能；（3）路上景观单调，基本上跟国内低海拔山村景观差不多，很少能看见雪山。总之，除非对小飞机特别有阴影或者很想走原版完整的EBC路线且时间允许，才会考虑走Jiri。否则还是应选择飞机来往卢卡拉，虽然有一定风险，但是旅行中风险无处不在，这段难忘的飞行也会成为EBC不可分割的一段回忆！

因为每年掉一架飞机的历史记录，而且近年来总是在双数年的10月出事，而2018年到10月初还没有出现状况，大家都开玩笑说，最后两个月的出险几率大大增加。所以一开始我们向协作公司Climbalaya的Mingma提出来的方案是直升机双飞，以降低风险系数。但Mingma再三表示，我们挑选的这个季节天气状况很好，不会出现影响飞行的大雾、雨雪等天气状况。另外，小飞机和直升机相比，费用相差蛮大的，一架直升机只能坐3—4人，我们团队上去至少得用4个架次。所以团队最终还是选择了坐小飞机前往徒步起点卢卡拉，作为我们整个EBC徒步的一段别有风味的经历。

在途中，唯一的空姐给我们发放棉花塞住耳朵，也不要求关闭任何电子设备。

飞机沿着喜马拉雅山脉飞过，雪山近在咫尺，十分壮阔。这惊艳的空中一瞥，吸引着我们在后来的路途中，不断跋涉攀登，只为去接近它、看清它。

半个小时的飞行后，我们终于看到了著名的卢卡拉机场。尽管已经从各种信息渠道得知卢卡拉机场的跑道有多短，但真正在飞机对准跑道即将降落时，坐在第一排的陆一还是被眼前的景象惊艳到了：从天上看来，这跑道还没有航母的飞行甲板长。于是他赶紧设法拍下了这难得的镜头，尽管这举动引来坐在最后的空

在诸神的国度阅尽千峰　**陆一摄于飞机上，10月31日上午9:43**

姐一阵呵斥……

　　卢卡拉机场雪山环绕，风光秀丽。起飞利用斜坡加速，降落利用斜坡减速。一端是山崖，另一端是卢卡拉镇。不足500米的跑道尽头就是千仞绝壁和万丈深渊，不愧是世界十大玩命机场第一位。

　　吴柏赓后来描述道：

　　好在有当地导游全程陪伴，不需要我们有更多担心，何况已经有那么多担心了。飞机起飞和降落有些抖动，途中比较平稳，但遇到气流还是会上下波动，虽不会让我们产生紧张情绪，但下降时如此近地被窗外的树枝划过也会产生情绪的波动。

　　要降落的时候，飞机突然很牛地一个落下，真是够刺激的！

　　总之，在这里飞行绝对是人生的一次独特体验，不过，体验一回就足够了。

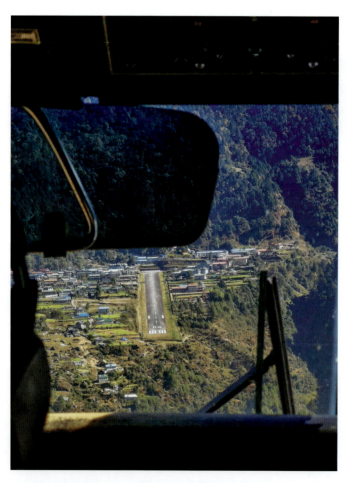

卢卡拉机场的跑道，从空中俯瞰还没有航母飞行甲板长

陆一摄于飞机上，10月31日上午9:49

安全降落卢卡拉机场　**谢丹摄于10月31日上午9:53**

离开机场，转角就是卢卡拉小镇。

卢卡拉小镇连接卢卡拉机场，整个小镇干净极了，也很畅通，完全没有加德满都的灰尘和拥堵，有点异国他乡的味道，小镇里的所有用品都是从加德满都运过来的。

中午11点左右，海拔2840米——从这里开始我们的徒步行程，接下来的十几天，无论多少艰险的路，都只能靠我们自己的双腿去走完。

吴柏赓在日记中说：

第一天的感觉很好，阳光明媚加上少许的山风阵阵，不需要赶

卢卡拉小镇　**吴柏赓摄于10月31日上午10:41**

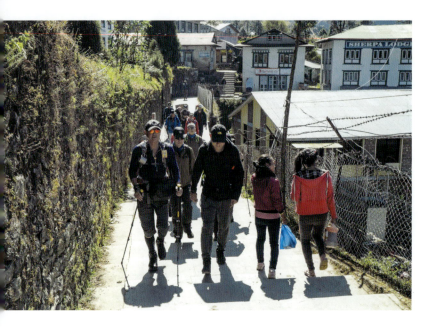

这是我们徒步的起点　ROCKER摄于10月31日中午10:48

路，也不担心迷路，走累了就停下脚步欣赏一下风景，拍几张照片。隔一公里左右就能看到类似民居的建筑物，走累了可以休息一下，喝一杯咖啡看看来来往往拿着登山杖的徒步者或欣赏一下风景。

第一天是从海拔2840米的卢卡拉到海拔2610米的Phakding，

出了卢卡拉小镇不远，就是进山的山门，全队在此合影留念　ROCKER摄于10月31日上午11:12

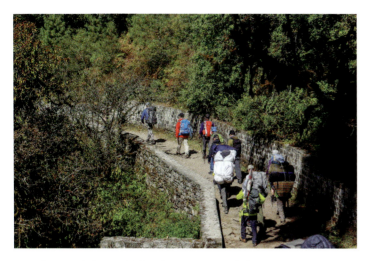

这是一段缓缓下行的普通土石路——EBC徒步的开始几天还算
是走在"路"上　**杨帆摄于10月31日上午11:53**

沿着峡谷溪流，理论上走3个小时就到了，因为大部分都是下坡路
段，还是比较惬意的，毕竟第一天不用太累，要先适应一下徒步
的节奏。一般情况下，我们中午就能到Phakding，但向导有意放
慢了节奏，中间连午饭带休息喝茶，总共用了5个小时。

在海拔2678米的Tholsharoa小村休息喝茶吃水果　**杨帆摄于10月31日下午12:18**

玛尼石　陆一摄于10月31日下午15:07

过了第一座吊桥，越过Chheplung河　陆一摄于10月31日下午13:04

海拔2592米的Chhuthawa，
村外是一片涂描着六字真
言的玛尼石　陆一摄于10
月31日下午15:07

途经海拔2660米的小村Chheplung　陆一摄于10月31日
下午13:04

ROCKER这张照片不知想表达什么，吴哥的神态太萌了　　ROCKER摄于10月31日
下午15:11

在海拔2650米的小村Thado Koshigaon午饭
杨帆摄于10月31日下午13:55

Phakding住宿地旁的吊桥是我们明天的出发点　ROCKER摄于10月31日下午15:52

吴柏赓这样描述今晚入住的酒店Sherpa Guide Lodge：

感觉非常不错，外观好像没有或者没有多少尼泊尔人文基因，但也说不出到底哪种元素更多一些。房屋是木结构建筑，隔音材料单薄，几乎没有隔音效果，房间里除了必须有的床和床上的必需用品外，再也没有其他的东西了，都需要自己携带。

路上不论是午餐还是晚餐，从点菜到上菜都需要耐心地等待一个小时以上，即使是一份最简单的鸡蛋炒面。

过了横跨Phakding河的第二座吊桥，就到达今天的宿营地，海拔2610米的Phakding　陆一摄于10月31日下午15:41

到达Phakding住宿地Sherpa Guide Lodge等待晚饭　ROCKER摄于
10月31日下午15:56

今天晚上气温剧降20度，最低温度为2度，在没有空调的单薄房间里，靠自己的体温度过了在EBC徒步的第一个夜晚。

但出了一点状况的是队里唯一的女队员谢丹，她在午饭后突然拉着向导Dawa Tenzing悄声嘀咕了几句，Dawa Tenzing就带着她往回走，两人消失了一个多小时后才在前面的休息点和大部队会合；到达Phakding后，谢丹直接进房间休息了，连晚饭都没吃。

大家在等晚饭时，看了她发的朋友圈才明白原委：

在Mingma（一个十次登顶珠峰的尼泊尔英雄）及其团队的协助下，我们的EBC行程就此开启。然而，老朋友如期而至，可真是

途中休息时的谢丹　杨帆摄于**10月31日下午12:26**

考验我啊。😭

原来徒步第一天，她就来"大姨妈"了，路上是让Dawa Tenzing带她返回Thado Koshigaon去购买卫生巾。尽管全队大老爷们都尴尬得一声不吭，连一句安慰话都没法说，但大家还是对队里唯一的女性心存担忧——这山上的极寒天气、极高海拔、极差的卫生条件和极艰苦的行程，对一个以前没有在高原待过两天以上的女人来说太不容易了，更何况现在这种情况……

即便如此，谢丹还是让大家刮目相看——随即她在微信中又发了一句话：

毛主席说：我们来自五湖四海，为了一个共同的目标，走到一起来。对！说的就是我们。作为团队唯一女汉子，路途中没有女同胞聊聊八卦缓解体乏，甚是遗憾。

看到这良好的心态，大家对这女人生发出由衷的钦佩，从此大家都开始尊称她为"丹姐"……

晚上ROCKER上山拍下了美丽的高原银河美景。

这真是一个可以触摸天堂的地方　　ROCKER摄于10月31日下午19:53

天上银河，地上冰河与瀑布　ROCKER摄于10月31日下午21:21

Namche Bazar

超级大长坡

从Phakding出发　**ROCKER摄于11月1日上午8:01**

坚持就是犹豫着、退缩着，但还在咬着牙继续往前走……

——户外探险者熊二

11月1日，EBC徒步第二天。

今天"天高道远"EBC徒步团队将从海拔2610米的Phakding徒步至3440米的南池。南池是萨迦玛塔国家公园内最主要的商业中心。

早晨8点，从Phakding出发，我们离开客栈通过第一个吊桥横跨Dudh Koshi Nadi河谷，一路平坡，我们沿着左岸缓缓上行。

半个小时后，在路右边，我们见到的第一座雪峰Tamserku（海拔6618米）从树丛后逐渐露出身影，转过一个弯，整座山峰完整地在山谷中显现出来。队友们纷纷驻足拍照。

从Phakding出发，通过的第一个吊桥横跨Dudh Koshi Nadi河谷　**ROCKER摄于11月1日上午8:25**

第一座雪峰Tamserku（海拔6618米）　ROCKER摄于11月1日上午9:01

河床上因巨大的落差形成的水瀑　ROCKER摄于11月1日上午9:43

在海拔2730米的小村Zam Fute，我们走过横越Nagbuwa
Thengga Khola河的第二座吊桥，不久在海拔2760米的Toktok
小村附近的河床上见到巨大的落差形成的水瀑。体能很好的
ROCKER和孟爱国，从坡上的小路下到河床边拍摄河谷激流。

途中的茶室，一个大多数是中年女生的日本徒步团队和我们同行了一
天　ROCKER摄于11月1日上午10:11

第二座吊桥横越水流湍急的Nagbuwa Thengga Khola河

ROCKER摄于11月1日上午10:31

过第二座吊桥　**陆一摄于**

11月1日上午10:35

接下来缓缓下坡，走过海拔2630米的Bengkar小村后不久，就
要过今天第三座吊桥，在此横跨Dudh Koshi Nadi河谷回到右岸。

过第三座吊桥，左起罗芳钧、孟爱国、何红章、戚玉文　**ROCKER摄于11月1日上午11:21**

这一路，我们不断过吊桥，不断在路边礼让对面过来的旅友和牦牛驮队。当我们走过第四座吊桥越过Manjo Khola河之后，就到了今天的午饭地点Monjo。上午耗时3.5小时，行进7.5公里，海拔上升220米。

这一路上，喜马拉雅雪水汇集成河的流水声、牦牛驮队的铃铛声、阔叶林和针叶林中各种鸟鸣声、徒步者沉重的呼吸声……汇成了一首自然奏鸣曲。

这一路，内心的喧哗一直是一个旋律，这就是内省心灵、感应自然。轮回不在别处，正是每种心理发展和感应的不同生命形态。

何红章感悟道：

莫名那么多人，是"Shadow of the Everest"的拥趸。我想，一个人、一个民族、一个国家，哪天多点敬畏自然，和谐和诚信的社会必将到来，人性绝不会轻易倒在各种泛滥欲望的脚下。

杨健在微信中说：

户外徒步登山应该是生活的一部分，在徒步过程中可以亲近大自然，可以挑战自我极限、提高自我的极限忍受力，可以在路上自省内心、感受不同的文化。老人家还可以远离广场舞，看看路上的欧美老年人，还有日本老年队，绝不占场子。

越过Manjo Khola河　**陆一摄于11月1日上午11:40**

　　萨迦玛塔国家公园中，东南部的 Kyashar冰川和最西端的
Lumsumna冰川，在下游形成了落差极大的Kyashar Khola河
谷和Bhote Koshi Nadi河谷，海拔2835米的Monjo是这两条河
谷的交汇点。

　　Monjo也是进入萨迦玛塔国家公园的大门，所有徒步者都
要凭进山许可证才能进入。进山许可证要么预先在加德满都办理
好，要么在这里办理。

萨迦玛塔国家公园的大门口偶遇两位来自北欧的姑娘，我们在留影，她们也等着要留影，结果多
性一起合影，左起胡惠鹏、陆一　**杨帆摄于11月1日上午11:40**

在Monjo午餐时何红章在研究下午的线路　**ROCKER摄于**
11月1日上午11:45

　　午饭后从Monjo出发，我们一开始还是沿着河谷平缓前行，在海拔2830米的小村Larja Dobhan边上，我们走过今天遇到的第五座吊桥Larja Bridge。这就是在著名的高山电影《绝命海拔》里出现过的双层吊桥，也是相当吸引眼球的一个地方，几乎成为一个标志。

　　过了吊桥就开始今天全天最最虐人的连续上坡——垂直高度在两小时内上升610米。

第五座吊桥其实有上下两座，我们从上面那座通过，之后就开始了虐人的连续上坡　**杨帆摄于11月1日下午13:53**

第五座吊桥，过桥后转过坡就开始上行　　陆一摄于11月1日下午14:00

这就是今天一路上所脚踏的路面，一不小心就
会崴脚　　陆一摄

到达南池　ROCKER摄于11月1日下午15:51

南池入口　陆一摄

从Monjo到南池，这是一段连续上升的超级大长坡，虽然最终只爬了两小时，但感觉超级超级累，因为中途没有一块平地，一直都是不停地上坡上坡。到最后，在几乎绝望之际，转过山坡，就见到一片色彩各异的楼房，南池到了。

今天徒步8个小时，海拔上升将近800米，全程15公里左右。

从南池的山门走进入口，就看见一座碑亭，里面竖立着一位女性的雕塑。这就是尼泊尔享誉世界登山界的女登山家Pemba Doma Sherpa（1970年7月7日—2007年5月22日），她是第一位从北坡登顶珠穆朗玛峰的尼泊尔女登山者，第二位从南北面登顶珠穆朗玛峰的尼泊尔女性，也是世界上六位两次登顶珠穆朗玛峰的女性之一。她是2002年尼泊尔女子珠穆朗玛峰探险队的队长。2005年9月28日，她从西藏一侧爬上了卓奥友峰。

南池入口旁竖立着第一位从北坡登顶珠穆朗玛峰的尼泊尔女登山者Pemba Doma Sherpa的雕塑　**ROCKER摄**

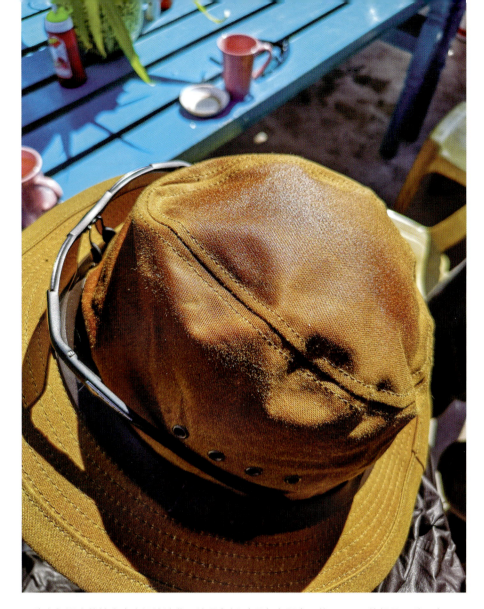

一路上气温高的地方令人汗流浃背，这是午饭时晒在太阳底下的ROCKER的帽子。陆一在转发这照片时评论道：这是神兽一上午产出的头油，需要的微信转账😂😆　**陆一摄**

坚持就是犹豫着、退缩着，但还在咬着牙继续往前走。

今天下午EBC给全体队友的第一段超级自虐大爬坡，是一个见面礼和下马威。不过，全体队友都通过了这个考验，下午四点，陆续到达终点。

队友陆一因为容易出汗，第一天就手忙脚乱，不知怎么样穿衣服才能既透气排汗又保暖不受凉。因为这两天还行走在雪线下的阔叶林和针叶林之间，有太阳的地方气温有二十来度，而进入树荫气温马上降低到十来度，再加上山谷里风很"贼"，停步时汗湿的衣服被山风一吹，汗水还没有吹干，身体就已经失温。没有经过专业徒步登山和户外训练的他，怎么调整也不知该如何在路上及时穿脱、更换衣服，使自己感觉舒适一点。尽管在行前他就按照张艳杰的建议，准备了Smartwool 5级的专业登山羊毛袜子，但因为第一、二天在低海拔就没有穿。没想到在崎岖的山石路上，两天走下来脚底开始隐隐作痛，使得体能消耗无端增大，透支严重。陆老师在日记中这样自嘲：

用一天半重新学习如何穿鞋、系鞋带、换衣、走路、用手杖……慢慢学会并适应在这崎岖的山路行走。

勇敢不是不害怕，而是体力透支大汗淋漓双腿颤抖但仍然往前走……

尽管这样，陆老师还是坚持跟上队伍，几乎和大部队同步到达了南池。

但是，来到住宿地，体力透支严重的陆老师已经不想吃饭，在点了菜还在等待时，他觉得自己还是躺下舒服点，就直接回房间了。

这一下让队友大为紧张。何总说：昨天是谢丹不吃饭，今天是陆老师不吃饭，两天就干倒了两个。

回房后陆老师感觉有点发烧，ROCKER拿来体温计一量，37.8℃。喝水、吃药，好在陆老师有充分准备，各类药品带了几大包。

他自己的感觉是，因路上出汗太多，下午上坡时为了衣服不至于汗湿得太厉害，只穿了一件贴身的排汗衣就一路走到南池，可能被山风吹得受凉了，加上体能透支，所以全身感觉不舒服。

队友们吃完饭以后纷纷前来慰问，何总自告奋勇用他的独门技法为陆老师推拿祛风，在用红花油推拿后背脊椎两旁穴位后，何总浑身出汗，陆老师也开始出汗退烧，安睡一整夜。第二天早上醒来，满血复活。

当天的日记里吴哥这样记述：

上午约7公里路程走了3个半小时，上坡下坡，基本上走在海拔2600米左右的高度，有点累，但只能算小累。12:00午餐，炒面，饮料是姜汤，7分饱。导游说，下午一路向上，可能会比较辛

第二天大清早，陆老师在街上自拍："南池早上好，满血复活……" **摄于11月2日早晨7:17**

苦，建议多休息。

连吃带休息快一小时了，我觉得体力恢复得七七八八，不想拖大家后腿，所以先走，留下时间可以拍照和累了后多休息。

午餐后的路几乎没有下坡，虽没有陡坡，也有平地，景色也很独特，时而在河边，时而在森林中，但方向是一路向上的，不知不觉中海拔越来越高，一样的速度，上午和下午的体能感觉完全不同，心跳加快，呼吸量也明显增加。

一个小时后被同伴赶上，超越，越来越远……

我们团队中的两个摄影师体能超好，剩下9个人有3个导游前、中、尾照顾，所以不必担心会出什么问题，63周岁的我虽不能很好地帮助别人，但努力做到尽量不要去麻烦别人。途中，导游大概看我停下休息的频率增加，友善地提出帮我背背包，被我拒绝了，因为我还没有到筋疲力尽的地步，也没有到赶时间的程度，所以我觉得可以自己解决自己的问题。

很多人超过我们。海拔越来越高，从2600到3400，直升800米。有队友已到酒店，而我距离酒店至少还有30分钟。我边走边想，3:30到酒店与5:00到酒店有什么区别，这段时间可以干吗，冰冷的房间也没有办法待，还不如随心所欲地漫步在风景如画的徒步路上……

再说晚餐，尼泊尔的晚餐实在无法恭维，我已连续吃了三顿面条，今晚仍然选择面条，不是炒面而是汤面加一个荷包蛋，没有美味，只是为了填个7分饱的肚子。

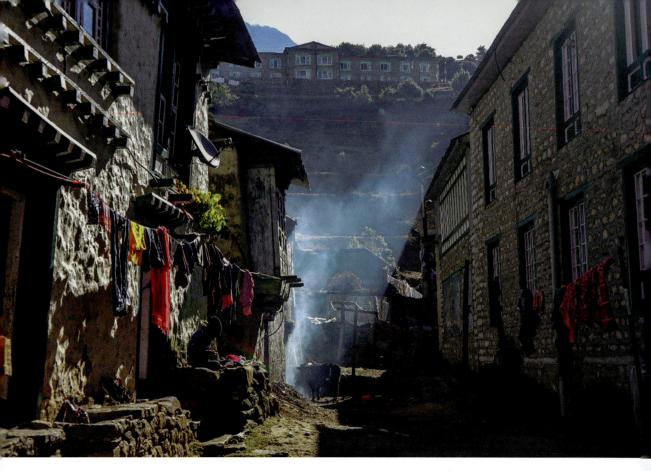

南池的晨曦　**吴柏赓摄**

今夜可能是个不眠之夜，又入住南池一个上下走动都能因震动而产生响声的酒店。

祝自己能顺利入睡……

11月2日，天高道远EBC徒步第三天，全体队友在南池休整。

谢丹说：原以为可以蒙头大睡一天，谁知道10点就被吆喝上山训练，往返又是7公里，海拔升高了200米。还好，景色不错！

吴哥早上6:00被楼上的脚步吵醒：实际上不是游客太吵，而是单层木板打造出的隔音效果太差，克服吧！反正睡不着，走出酒店（叫青年旅社更加贴切），往高处走，今晨的气温剧降到零下5度，有点冷，加衣保暖后再出门拍拍此地周围的雪山。

太阳从雪山的背后升起，云朵围绕在雪山周围，使雪山忽隐忽现，光芒照亮雪山顶部，这时候的雪山最为壮观耀眼，很多摄影爱好者都喜欢守候这个美好时光……

边吃早餐边看着玻璃窗外的云彩围绕雪山随风飘舞，时聚时散，美极了……

全体队友在向导带领下，在后山进行适应性徒步训练和高海拔适应，不知不觉上升了200多米。

　　Himalaya View Hotel是EBC登山路上最豪华的酒店，占据了得天独厚的整个山坡，拥有至上的景观。1968年，一个叫宫原巍的日本富家子弟在前往珠峰大本营的半山腰上建造了这家云上酒店。每晚最低224美元的标间房价，相对于周边10美元的简

屋外的雪峰和屋内桌面上的倒影相映成趣　**吴柏赓摄**

何红章、戚玉文，眺望对面山上的Himalaya
View Hotel　**谢丹摄**

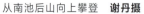

从南池后山向上攀登　**谢丹摄**

南池西侧环山道，摄影师杨帆和向导Phurba　**陆一摄**

Syangboche的直升机场，这架势绝对是战争大片的节奏　**杨帆摄**

易客栈，简直是天价。但绝大多数徒步客都会来到这里的露天超级观景露台，喝上一杯咖啡。酒店附设一个直升机停机坪，花上1000美元就可以乘坐直升机前往Kala Pathar，近距离观看雪山壮美奇景。不想徒步的，也可以在卢卡拉乘坐直升机直飞酒店。来这个酒店度蜜月，是一个超级蜜月计划。

从南池西侧环山道，我们一路走到山上海拔3660米的Syangboche小村去吃午饭，村边还有一个专门用来运送物资的直升机机场。

据说这个机场原来是作为Himalaya View Hotel的配套设施存在，建于1990年。当时曾一度有定时航班飞往加都，后因影响到了卢卡拉以及路上其他村子里的村民们做背夫的生计，引起强烈抗议，被迫取消了航班，如今这个机场基本荒废，只用来停泊直升机。

午间山中起雾，气温骤降七八摄氏度。当大家坐下点餐等待午饭时，突然发现孟爱国不在这里。山上没有信号手机打不通，谢丹说老孟可能过来时走岔道了，走到东面山上的另一个客栈去了。因为这时满山浓雾，我们也不敢贸然出去寻找，怕走岔了谁也找不到谁，只能干等，好在向导说这后山小道怎么走都会回到

夏尔巴历史文化博物馆　**陆一摄**

南池。Dawa Tenzing安排好我们的午饭后出门去寻找，大家就在忐忑不安中吃完了午饭，45分钟后，老孟居然跟着Dawa走回来了。原来他走得快，上山后错过了午饭的客栈，一直往前走，走到山那边的另一个客栈去了。就这样他多走了一个半小时，差一点错过午饭。大家在庆幸老孟在浓雾中行走没有出什么状况之余，也纷纷称赞老孟的体力。

　　下午在下山途中我们顺道参观了珠峰登山博物馆和夏尔巴历史文化博物馆，居然还在夏尔巴历史文化博物馆照片墙上找到Mingma Sherpa 18岁时英姿勃发的照片。随口问了下我们的向导Dawa Chhiri Sherpa，24岁的他，已经在新疆作为高山协作

夏尔巴历史文化博物馆里陈列着Mingma 18岁时的照片　**陆一摄**

参观夏尔巴历史文化博物馆的胡惠鹏与戚玉文　**陆一摄**

摄影师杨帆在参观
夏尔巴历史文化博
物馆　**陆一摄**

登顶过慕士塔格峰并有两次登顶珠峰的纪录。他自信地回答说：
有一天我的照片也会在这里的。

　　昨天深夜，队友何红章在队友群里发了行程中的第二首诗
《身段》：

　　簇拥到群峰的影子中
　　感觉到猴人的渺小

触摸到奔腾的湍急雪水
才知道大海浩渺的天机
为了每滴水不会干涸
为了每滴水安然到家

抬头　仰面
双眸透彻注视着
雪山之巅的天蓝云白
让你忘记了身段
只有单纯的眼神
何等的幸福

投身到都市的人群中
繁华之下欲流四溅
菜市场的锱铢计较
名利场的明争暗斗
变态的已成常态
龌龊的已成光大

低头　掩面
揭不开的人心角落
只住着已经失去自己的自己
尘灰蒙蔽了双眼
只看到已经没有高贵的高贵
殊不知
紧拽区区利益的
必将手握空拳
捍卫拳拳高贵的
必将仰面失去

承载负重　让人攀爬
呕心沥血　让人动心

老孟、老戚在南池街上帮吴哥挑选软壳裤　**杨帆摄**

雪神放下的高贵身段
撑起了
那片心灵天境
醍醐了
这片刹那善念

——2018年11月1日南池偶感

明天EBC徒步团队将离开南池，向西前往Thame，并顺道去往给我们徒步提供保障的Climbalaya公司老总Mingma的老家Thamo，并在那里解决午饭。

Thame

来自东方的皇胄

南池西面的Nupla（海拔5885米）和Tartikha（海拔6186米）　　**吴柏赓摄于11月3日上午5:39**

> 在那个地区，路上随便见个夏尔巴人，说起来都有过几次登顶珠峰的记录。人生的惊心动魄对于他们，已是家常便饭……
>
> ——队员 陆一

2018年11月3日，EBC徒步第4天。团队离开南池，在后山岔道口转向西北，沿山腰蜿蜒盘山小道向Thame而去。今天海拔上升至3800米，行程共将近13公里，理论上耗时将近4小时。

5:30，吴哥就起床了。他提前查到当地日出时间是6:08，于是天蒙蒙亮就穿上厚厚的外套，带上手套和登山杖，拿着相机和手机，赶着出门去拍日出。

南池的街道　陆一摄于11月3日上午7:22

　　他和孟爱国轻声地走在寂静无声的街道，街道是由花岗岩碎石拼凑而成的阶梯，阶梯约2米宽，由牛、马、狗和人共享，此时宁静的街区只有登山杖击打地面声和脚步声，还有大口大口的呼吸声。

Tartikha峰日照山顶　**吴柏赓摄于11月3日上午6:06**

在出发日休息不充分而预支体力，这是有代价的。事后吴哥
自己写道：

要收获总是要付出的，为拍日出而登上南池半山坡很不错的
拍摄地，就是远了一点、高了一点。爬山很累，在高原上爬山更
累，40分钟后还没有爬到拍摄位置，阳光已直射到雪山山峰，预
计与实际的体力还是存在差距。

两个小时后早餐，9:00左右大部队出发前往Thame。

Thame（海拔3800米）及其邻近的Thame Teng（上
Thame）是Solukhumbu地区南池西北面的小型夏尔巴村庄。在
中国西藏、尼泊尔和印度之间存在已久的盐商贸易路线上，它是
最后一个全年可通行的村庄。再往北，Lungdhen、Renjo La 垭
口、Gokyo、Dzonglha、Cho La垭口和Dragnag等村庄和垭
口在冬季就冰雪封路渺无人烟了。

通往Thame的小径从南池西北部的南池寺院开始。翻过南池
后山，就是Gangla的寺庙和一片玛尼石。

出发离开南池　**陆一摄于11月3日上午8:57**

Gangla的寺庙　**ROCKER摄于11月3日上午8:56**

出发仪式　ROCKER摄于11月3日上午9:08

在爬上山石，经过一片巨大的玛尼石堆后，我们进入了一片松树和杜鹃花组成的美丽森林。

吴哥记录下了一路的感受：

背向阳光，一直向西，走过街区的小道一路向上，逐级登高再登高一直走到直升飞机停机坪中心的H位置。停机坪的一边是山岗，另一边是悬崖峭壁，再远处是群山环绕，群山起伏连绵不断，群山的最高点被厚厚的积雪覆盖，常年不化，在太阳照射下，洁白剔透，被初升的太阳照射到山顶，反射出金色光芒，非常耀眼。

胡惠鹏与Gangla的玛尼石　ROCKER摄于11月3日上午9:00

直升机机场，左起戚玉文、谢丹、孟爱国　**吴柏庾摄于11月3日上午9:15**

　　登山很累，路还不好走，很多山路都用简易的石块搭建而成，约两米宽。台阶的高低错落不一致，高台阶有30多厘米，台阶也没有完全固定，上阶梯会感到非常吃力；低台阶不到10厘米，相对比较好走。

离开机场后，山路开
始不太好走　**谢丹摄**
于11月3日上午9:41

这一路从阔叶林过渡到针叶林　**谢丹摄于11月3日上午11:19**

路遇牦牛队，避让的同时让自己歇一下　**陆一摄于11月3日上午10:51**

整个上午都在弯弯曲曲山峦起伏的群山之中行走，雪山很美，景色不错，在这样的环境中漫步也是人生中的一大享受，约6公里路程只用了3小时。

经幡猎猎，景色极美　**谢丹摄于11月3日上午11:05**

路上还有粉蝶来和胡惠鹏、陆一打招呼　**陆一摄于11月3日上午10:15**

　　南池之后的第一个村庄是Phurte（海拔3390米）。在村庄的尽头，有一个由埃德蒙·希拉里爵士的喜马拉雅信托基金会建立的苗圃。

　　在Phurte村尽头的Samshing，穿过莲花生大士的美丽画像和佛塔，在发源于夏尔巴圣山Khumbi Yul Lha的清澈河流上面有一座桥，在它的附近，有一座正方形建筑，由9块描绘了曼陀罗的正方形组成典型顶棚。外面一个金色的塔尖顶，令人想到宗教含义。从覆盖着哈达的小桥边，你可以看到海拔5765米的圣山Khumbi Yul Lha峰顶，感受它神秘的力量。

　　一路上我们经常能见到这样的建筑，一开始总以为这是村口

这一路色彩斑斓，景色如川西的秋日　**陆一摄于11月3日上午11:21**

海拔3390米的小村Phurte附近的Kani，过河转过山脊就
到了另一个小村Thamo　**陆一摄于11月3日上午11:01**

在Kani的边上竖着经幡，挂满了风马旗，夏尔巴人的圣山Khumbi
Yul Lha峰顶笼罩在一片云雾中　**陆一摄于11月3日上午11:02**

的牌楼，下山后查阅资料才明白，这在当地叫作Kani，是进入寺
院或宗教周围区域的门。怪不得在它附近，总有很多经幡、风马
旗、舍利塔、玛尼石和寺庙。

　　Kani是一种标志性的建筑，它最初是由藏传佛教的神龛发展
出来的，其特点是基底部内有一个步行区，内部类似于寺庙的神
龛，有壁画或塑像。见多识广的杨哥说：

　　　　这些神龛中佛的塑像在藏语中叫作擦擦，不是石雕或砖
　　雕，听说有些是用藏人或僧人死后的骨灰和泥混合，再用根据
　　藏传佛教的传统样式雕刻出来的模具压制成型，最后晒干上色
　　制成的。

　　Kani的作用是净化进入它的灵魂。因此，它们被安置在寺院
和佛教场所的入口之前。在经过Kani或绕着玛尼堆转时，都是顺
时针方向走的。

在Kani附近往往有舍利塔和玛尼石　**陆一摄于11月3日**
上午11:10

Kani内部类似于寺庙的神龛　陆一摄

海拔3440米的小村Thamo外的Kani　陆一摄于11月3日上午11:31

Mingma家老屋　**陆一摄**

中午，徒步团队到达Thamo（海拔3440米），这个位于Tesho转角处的村庄是著名的登山者Ang Rita Sherpa（雪豹）、Lhakpa Norbu Sherpa博士（整个夏尔巴社区的第一个博士）和许多著名登山者居住的村庄。Khumbu Bijuli水电站项目也位于这里。

我们顺道来到徒步向导公司Climbalaya 的合伙人和总经理Mingma的老家、位于Thamo小村的"珠峰二号营地饭店"进行午餐。

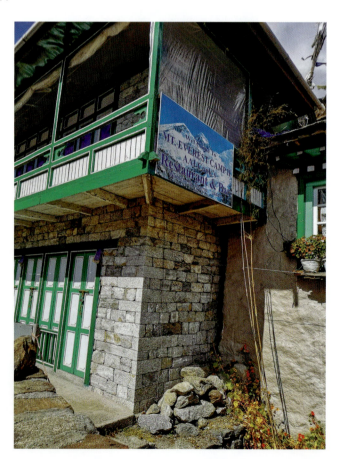

Mingma家新盖的客栈，很牛气地起名叫Everest Camp II（珠峰二号营地）　**陆一摄**

Mingma妈妈正忙着给我们做午饭　**ROCKER摄**

　　进得屋来，只见一个老人在灶间里忙着，还有两个在打下手。曾在这里住过的杨哥向大家介绍，这是Mingma的妈妈。

　　一会儿，屋里就摆上了丰盛的午餐，有馍馍、凉拌蔬菜、土豆煮羊肉、米饭、肉汤……所有队员都说午餐很好吃。这顿本土的尼泊尔家常饭，是我们徒步这几天最好吃的一顿饭。用吴哥的话说就是，人的幸福指数是随着环境的变化而变化的。

落脚后大家坐在屋前喝着姜茶，享受着山里午前的暖阳　**陆一摄**

这是大家一路上很难忘的一顿午餐　**陆一摄**

非常丰盛的午餐　**ROCKER摄**

Mingma妈妈向远道而来的我们献哈达　**ROCKER摄**

　　等大家吃得差不多了，Mingma妈妈洗干净手、摘下围裙，
捧出哈达，逐一给队友们献上……

　　杨哥指着墙上的照片说，这就是Mingma他们全家8月到冈仁
波齐转山、到桑耶寺祈福、到拉萨朝圣的照片。

Mingma家老屋照片墙，上面还有受尼泊尔总理表彰的照片和奖状　**陆一摄**

Mingma与何红章合影　**谢丹摄**

Mingma位于泰米尔街的登山用品店，满墙都是他历次登顶珠峰的
照片　**陆一摄**

　　几天前，在加德满都，陆老师和队友们曾一起到过Mingma位于泰米尔街的登山用品店，当时他写道：

　　队友们与担任我们EBC徒步向导和高山协作的Mingma Sherpa合影。从8月在拉萨见面到今天，大家一起愉快地合作筹划了整个EBC徒步活动。今天到泰米尔街上的Mingma登山用品店，看到满墙的Mingma Sherpa登山记录，为之震撼。Mingma Sherpa已经十次登顶珠峰，2012年协助日本73岁女登山家登顶珠峰、2009年协助美国最年长登山家登顶珠峰。Mingma出生于我们徒步路线上将要经过的小村Thamo，作为著名的夏尔巴之乡，他的几位表兄弟在不同时期都曾取得过登顶珠峰次数最多的纪录。由他们组队为我们保驾，是活动顺利进行的可靠保障。

　　夏尔巴人（Sherpa），藏语意为"来自东方的人"。"Sherpa"这个词就是由Sher（东方）+pa（人）所组成。

　　北宋末年，蒙古铁骑驰骋在茫茫草原，成吉思汗病死在攻打西夏王朝的军帐中。蒙古大军最终征服西夏之后，不仅把辉煌的西夏文明灭绝了，也使得整个西夏民族消失在历史的云烟深处，空渺无迹，不知去向，给后人留下了一个个悬念……

　　现在有不少夏尔巴人说自己是西夏党项人最后的皇裔，"大约数百年前因战乱而四下逃难"。

　　藏文文献中称西夏为"minia"，也称夏尔巴为"minia"。在夏尔巴人中很有威望的白玛活佛说，他们的祖先谈到自己时，说他们是从minia繁衍而来的。minia这一词汇是藏族人对党项羌族人或西夏人的一个说法，而且是对贵族的称呼。因此，现在主流的研究结论认为，夏尔巴人是西夏王族逃难群体的后裔，在蒙古铁骑南下时逃到昌都。

　　西夏历史研究者这样还原当年的历史："木雅"古称为"弥药"，为我国西部古羌。这支古羌曾经北上建立了著名的西夏国，蒙古族灭亡西夏后，党项羌族中的最后一支力量，更确切地说是皇室成员，从西北地区逃离大夏国的首府银川，基本沿着20世纪30年代中国工农红军长征的逆方向，从西北到了西南，南迁到西康，在大渡河以西，即今阿坝、甘孜一带建立了"西吴国", 也就是民间所称的"木雅国"。在生活了数十年后, 忽必烈南征木雅, 强大的蒙古军队开拔到这里。尽管一些党项羌族人已经逐渐融入当地人中间, 但那些骨血里一直坚持党项人纯度的皇室成员, 开始再一次逃亡。这次的方向是一条朝向生命禁区的死亡之旅——从南北两线进入西藏, 双方在昌都会合。这就是昌都有大量党项羌族人的原因, 也是党项羌族人推崇这里的由来。不久, 越来越多的党项羌族人和加入这一行列的其他民族集聚昌都, 形成了历史上影响巨大的"羌都"。蒙古政权招抚了藏族八思巴政权和德格土司后, 这两股力量从西和东两方面夹击"羌都", 党项羌族人只好再一次开始了去往喜马拉雅珠峰极限地区的大迁徙。最终, 他们沿着西藏定日绒布寺西面的甲穷曲河谷, 越过珠峰西面海拔5844米的Nangpa La山口进入卓奥友峰和珠峰的南部, 最后落脚在珠峰南麓索卢昆布（Solo-Khumbu）地区（略等同于现在的萨迦玛塔国家公园地区）。这部分人在索卢昆布隐姓埋名、繁衍生息, 形成了今天的夏尔巴族。

当我们结束徒步下山之后, 长期生活在西藏, 又多次来过尼泊尔徒步, 对藏族历史文化有深入研究, 和夏尔巴人有长期交往的杨哥这样告诉陆老师:

Nangpa La山口在卓奥友峰下面, 那条从Thame通往Renjo La、Gokyo的徒步道路和Ngozumba Glacer冰川的尽头, 过山口到西藏的老定日和绒布寺也就二三十公里, 是离Mingma家Thamo最近的山口。Mingma曾告诉我从Nangpa La山口轻装回家只需走一天, 但一般牦牛队要走两三天。这一路除了垭口外都比较平缓, 当年民间边境贸易兴旺时, 牛铃阵阵不绝于耳。那天陪你过Renjo La垭口的那位Glasang就曾多次赶牦牛驼队走过那条线。这个山口后来由于人为原因被封断了, 从此亲戚友情都被隔断, 往来再没有以前方便。

由此看来, 我们这几天行走的山路, 正是夏尔巴人祖先迁徙定居的路线。我们沿着Lumsumna冰川形成的Bhote河谷逆向上溯, 并跨越Ngozumba冰川。这不仅仅是在地理上攀登那荒凉无人的高原山口和严酷极寒的千年冰川, 一路还在上溯夏尔巴人那

Lakpa Rita Sherpa，17次登顶珠峰，同时是尼泊尔第一个
七次登顶纪录创造者，也是Mingma的表哥　**Mingma提供**

流离失所、颠沛迁徙的历史……

　　在珠峰被确认为地球最高峰前，夏尔巴人的生活可以说既封
闭又单调。尼泊尔这一边的夏尔巴部落至今没有文字传承，村民
们仍以晦涩难懂的夏尔巴语口口相传。夏尔巴语据信是从藏语—
缅甸语演化形成的。夏尔巴人所信仰的宗教属于佛教中的宁玛
派，即西藏最古老的佛教宗派之一，这是藏传佛教中很古老的一
个流派，由莲花生大士在8世纪创立。

　　珠峰因它的高度引起关注后，夏尔巴人的生活也发生了翻天
覆地的变化，但无论如何变化，这里的夏尔巴人都不愿离开喜马
拉雅山脉，因为据说他们信奉的是宁玛派中的喜马拉雅山神，尊
珠穆朗玛为"大地之母"，所以生活再艰难也不愿迁居。

　　让夏尔巴人生活发生极大改善的，是一个名为丹增·诺盖
（Tenzing Norgay）的夏尔巴人，他于1953年协助新西兰探
险家埃德蒙·希拉里成功登顶珠穆朗玛峰，成为地球上最早登顶
珠峰的两个人。虽然世人皆以希拉里为偶像，但1988年兼任新

西兰驻印度、孟加拉与尼泊尔大使的希拉里却几度表示，如果没有丹增·诺盖，他不可能登上珠峰，夏尔巴人才是最应该被敬仰的人。

为了表达对丹增以及所有夏尔巴人的感恩，希拉里在被授予新西兰爵士后将所有奖金和积蓄都用来资助夏尔巴人，后期更成立了喜马拉雅基金，号召全球慈善家为夏尔巴人聚居地修建学校、医院、公路以及水电等等设施。

令人感动的是，夏尔巴人回应爵士的是"世代守护珠峰并协助攀登"的集体决议，也就是夏尔巴人在世代不离珠峰、维护珠峰环境的前提下，还要为登顶珠峰的科考活动以及探险家提供协助。

从此夏尔巴人以给攀登珠峰的各国登山队当向导或背夫而闻名于世。每年攀登季来临时，夏尔巴人在没有保护的情况下，冒着生命危险，架设全长达7000米至8000米的安全绳。他们随身携带路绳爬到高处，将绳端用冰锥固定进千年岩冰，垂下的绳子，就可以起到后勤运送、导路、辅助攀爬和一定程度上保障队员安全的作用。当发生雪崩、路线阻断时，也是夏尔巴"冰川医生"上山开道。因此，人类的珠峰登顶活动，夏尔巴人功不可没，他们以生命为代价创下了三个之最：成功攀登珠峰人数最多，无氧登顶珠峰人数最多，珠峰遇难人数最多。

在Thamo这个小村庄，Mingma家是全村引以为傲的一个家族。Mingma家表兄弟中有五个都有两位数的登顶珠峰纪录。

Mingma的爸爸叫Ang Chhiring，也是一个口碑与人品极好的高山厨师，他是在2014年珠峰大本营的雪崩山难中去世的，那次雪崩造成14人遇难，Thamo村除了他外还有4个高山协作同时遇难。当时他已经决定退休，但朋友邀请他上山，他盛情难却之下说就算最后一次上山吧，没有想到却因此留在了山上。

在写这本书的过程中，陆老师通过微信采访了Mingma，说起他父亲的故事，Mingma告诉陆老师：

父亲是驻扎在海拔6500米的珠峰2号营地的高山厨师，2014年珠峰雪崩山难，他就在珠峰2号营地遇难。

　　这时陆老师才恍然大悟：我们当时只觉得Mingma老家饭店的名称"珠峰2号营地"很牛气，但实际上这名字的背后隐含着一段沉痛的记忆……Mingma全家是为了纪念在珠峰2号营地遇难的父亲，才把客栈名字叫作"MT. EVEREST CAMP II AAI Cook's Restaurant & Bar"。

　　陆一在下山后回忆道：

　　记得在珠峰地区偏僻的夏尔巴小村Thame偶遇一位满脸皱褶的夏尔巴老人，投缘地指着满墙的Thame舞蹈节的照片不出声地对我们说了半天……我在朋友圈发了他的照片，只加了一句说明：老年的寂寞，是逢人就想无言地诉说……是谓也。在那个地区，路上随便见个夏尔巴人，说起来都有过几次登顶珠峰的记录。人生的惊心

Kami Rita，在天高道远3.0活动时已22次登顶珠峰，在2019登山季中一周内连续两次登顶珠峰，2020、2022年分别再次登顶珠峰，将这项世界纪录改写为26次，继续保持当今登顶珠峰次数最多的世界纪录。他也是Mingma的表哥　**Mingma提供**

Pemba Tenzing 18次登顶珠峰，他是Mingma 的亲哥哥 **Mingma提供**

左为Nima Nuru，他是最年轻的21次登顶珠峰纪录保持者（这 项纪录在2020年登山季后改写为23次），也是Mingma的表 弟；右为Mingma，Climbalaya合伙人、总经理，10次登顶珠峰 **Mingma提供**

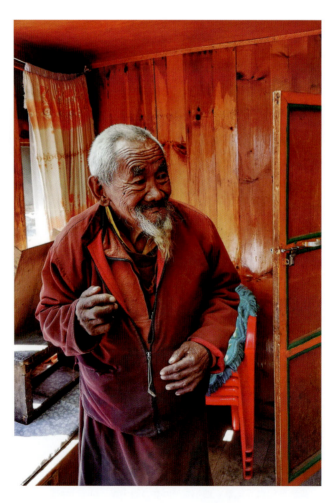

老年的寂寞，是逢人就想无言地诉说…… **陆一摄**

动魄对于他们，已是家常便饭……他们那种从容、宽厚、淳朴、内敛的气质，散发着骨子里与生俱来的西夏皇族后裔的高雅。

队友倪蓓没有参加徒步，但在结束不丹的行程后，在Mingma及全体向导为我们举办的送别宴上，几个夏尔巴向导特别是Dawa Tenzing在席间和倪蓓一起美妙共舞，给她留下了深刻的印象：

对于夏尔巴最直观的认识来自加德满都的那次晚餐，有着特别的高山基因的夏尔巴人，没有想象中的高大与威猛，却有着意料之外的腼腆与质朴。与雪山为伴，与圣山同在。真正的男人不追求征服，真正的男人只努力开路，即便为此付出生死……致敬夏尔巴！

作为随队作家，陆一随时在细致观察和感性体验徒步过程的点点滴滴，哪怕在徒步结束后很久都还在一直感叹，夏尔巴人的质朴和友善是与生俱来的。

2019年元旦那天，陆老师还特地在朋友圈里发了一组照片：

新年的感恩，我的夏尔巴兄弟——

有没有发现，我途中特意买了顶绣着Sherpa字样的帽子一路戴着？

这次EBC徒步，沿途不断为珠峰南麓这群夏尔巴兄弟的朴实、忠诚和敬业而感动，甚至流泪。没有他们，我们这群平均年龄在53.6岁的普通人不可能完成这次高海拔高强度的徒步行程。

人生的惊心动魄对于他们，已是家常便饭……

为我们提供高山保障的Climbalaya公司创办人Mingma（图1），他曾10次登顶珠峰。图2、3是三位随行保障的向导：左为Dawa Chhiri，24岁的他已经两次登顶珠峰；右为Phurba，是Mingma的小舅子，曾在美国和新加坡留学，会说中文。图3为Dawa Tenzing，7次登顶珠峰。图4为Mingma的哥哥Pemba Tenzing，18次登顶珠峰；图5为Kami Rita，他是Mingma的表哥，曾22次登顶珠峰，也是当今最多登顶珠峰世界纪录保持者；图6为Mingma的妈妈，当我们顺道造访Thamo小村，还住在老家的她为我们做了一顿徒步路上最好吃的午饭；图7为登Renjo La垭口时临时请的向导Glasang，他曾两次登顶珠峰，那天如果没有他，我至少有三次可能失足坠崖。图8是沿途为我们背负重行李驮包的背夫，他们每人负重30公斤以上，每天总比我们先到驻地。图9为Climbalaya公

人生的惊心动魄对于他们，已是家常便饭……

司合伙人Dawa和业务经理平措，他们负责在加都筹划安排，让我们感受到了他们的高效、敬业和善良……

感恩并为他们祝福：Namaste & Happy New Year！

下山后Kami Rita还一直不断在微信中询问陆老师：队友们的身体是否复原？咳嗽是否痊愈了？至今，陆老师还和这些可敬的夏尔巴兄弟保持着联系，在农历和藏历新年互致问候。Kami Rita在2019年登山季一周内两次登顶珠峰，2020年和2022年分别再次登顶，创造并保持当今最多（26次）登顶珠峰世界纪录后，陆老师也立即给他发送微信表示祝贺！

午饭后，大家在Mingma家的院子里和老妈妈以及今天特地从Samde赶来帮忙的大哥合影留念。

下午我们继续前往Thame，沿着山路向上攀登，经过了Kharee尼姑庵，即Thomde的石头村庄，前往Samde（海拔3580米），这是另一组石头建造的房屋、佛塔和玛尼石。从这里可以看到Kongde Ri和Pharcharmo（海拔6187米）。

这时我们的队伍里多了一个人，那是Mingma的哥哥。因为我们要来老屋午餐，Mingma妈妈一个人忙不过来，所以大哥特地从前面的小村Samde赶过来帮忙。下午顺道回家就和我们同行一段，并请我们到他家喝酥油茶。

路上陆老师无意中问起他的姓名，才恍然明白，这位大哥就是大名鼎鼎的Pemba Tenzing，当大家得知他就是18次登顶珠峰的夏尔巴，纷纷和他合影留念。

告别Mingma哥哥、离开小村Samde时已是下午2:30左右，我们继续向当天的住宿点Thame前行。吴哥这样描述一路上的景色：

山路是沿着雪山脚下走的，不论走在哪个方向，都能看到远处白雪皑皑、银装素裹的山顶，白云忽近忽远忽上忽下的飘逸感，完全可以用云卷云舒来描述。

这世界很公平，你所羡慕的别人说走就走的旅行，其实都是精心准备的人生盛宴。

Thame周边和今天一路上的景色，像极了深秋的稻城亚丁，色彩斑斓、赏心悦目。下午依旧是浓雾四合、如梦如幻，我们就

告别总是难舍难分，全体队友和老妈妈以及大哥合影留念　**ROCKER摄**

队友与18次登顶珠峰的Pemba Tenzing合影留念　**杨帆摄**

冷雾中的高山岩羊　**ROCKER摄**

从南池到Thame沿途景色像极了深秋的稻城亚丁　**陆一摄**

沿路金黄色的草和深红的秋叶映衬在常绿的针叶树丛中　**谢丹摄**

像走进了仙境。

　　在Samde村庄之后，山道从一个悬崖边潜入河中，那里有绿度母、莲花生大士和铁桥活佛（Thangtong Gyalpo）的巨大图像（后来在不丹的行程中，第一个景点就是铁桥活佛所建的Thangthong Gyalpo铁索桥以及守护着它的Tachog Lhakhang寺庙）。令人叹为观止的Bhote Koshi河流经岩石中的一个狭窄裂缝，形成了不同地层。在又一次攀登陡峭山崖之后，我们就到达了以美丽而著称的Thame村。

　　如果从Thame出发，山道向西可以延伸至海拔5755米的

河流经过狭窄的石缝形成了高原水磨石滩　**谢丹摄**

Tashi Lapcha山口，翻过山口后山道通向Rolwaling山谷；向北的山路就是我们接下来几天要走的路，它一直延伸至Renjo La（海拔5360米）和Nangpa La（海拔5716米），最终通向西藏。

Thame村既是和埃德蒙·希拉里爵士一起第一批登上珠穆朗玛峰的夏尔巴人丹增·诺盖童年时的家，也是许多著名的夏尔巴登山者的老家。

傍晚4:45左右，在漫天冷雾中我们到达Thame，此地海拔到达3800米，我们从南池到Thame步行了12公里以上，耗时7个多小时，平均每小时2公里。

由于有一个德国的徒步团队也在此住宿，带卫生间的房间都留给他们了，只给我们团队留了一间带卫生间的住房。大家今天只能住在没有单独卫生间的客房，向导告诉我们等明天那个团队离开，我们就可以搬到有卫生间的房间去住。吴哥这样写道：

客房里没有洗手间、被子，只有空空荡荡的两张床，居然连电源插座也没有，也没有Wi-Fi和网络，更没有电视机，不能洗澡也没有热水，7—8个房间合用一个简易的洗手间。我们不奢望能洗澡，房间里有一个洗手间已经不错了。

由于女队友谢丹的特殊情况，何总把向导安排给他的带卫生间的住房，让谢丹住了进去。

这条徒步线路，人少、住宿环境差、没有通讯信号、Wi-Fi被挤满。我们无法上网，报平安都不可能。所有队员只能烤着火炉吃掉难以下咽的晚饭，然后早早回到冰冷的房间钻进睡袋睡觉。

在这里，大家开始逐渐去体会、体验和适应EBC徒步路上的Lodge（客栈）文化。观察细致的陆老师这样写道：

徒步路上，Lodge文化很独特，房间里冰冷，除了睡觉无法待着，毛巾如果沾上水，瞬间就会结冰。所有住宿的团队都在厅房里围火炉烤火、喝茶、喝咖啡、聊天，白天就坐在靠窗的卡垫上背朝太阳晒着取暖。所以厅房里空气混浊，人多缺氧，加上令人倒胃口的尼泊尔饭菜的味道和火炉的牛粪炭火气，你不咳嗽都难。晚上我们大家去睡了，部分向导就在我们坐的卡垫上铺一层盖一层，靠后半夜炉子的余火取暖睡觉。

多彩的山路，山壁上巨大的绿度母、莲花生大士和铁桥活佛的造像，使这山谷充满仙气。
沿着铁桥活佛、莲花生大士和绿度母壁画像，过了桥就到达Thame　**陆一摄**

山区每当下午或傍晚就会升腾起漫天雾霭　**杨帆摄于**
11月3日下午16:12

Thame村口冷雾中的白马，如梦如幻　**谢丹摄**

徒步路上，客栈文化很独特　**吴柏赓摄**

吴哥在他的日记里这样描述：

　　Thame餐厅是多功能餐厅，中央有一个火炉，所有居住在此地的步行者都集中在这里，晚餐后热闹非凡。20:00以后，火炉的热量消耗殆尽，餐厅逐渐冷却下来，大家便各自回到自己冰冷的房间，回到房间里最暖和的地方——睡袋，没有网络也玩不了手机，只能强迫自己进入梦乡。躺在温暖的睡袋里数羊，一直数到梦里，睡到凌晨5:30才从梦中醒来，无法刷牙，只能用自带的毛巾倒上昨晚省下的热水，擦一擦脸就算洗过脸了。

　　室外的温度很低，寒风吹过，有点刺骨的味道，用身体都能感受到此刻已在冰点以下。地面已被薄薄的冰层覆盖，"小心路滑"在这里同样适用，要小心翼翼地添加好衣服以预防感冒。

　　只要能早起，就可以天天欣赏日出的尊容，而日落却很困难。为什么？因为每天早上阳光明媚，超过12:00后，雾开始聚集在一起，然后慢慢下沉，笼罩雪山也笼罩大地，当然也遮住了太阳。

Thame的日出　**陆一摄**

Thame的日出，这才明白我们住的客栈为什么叫 "Sunshine"　**陆一摄**

队友罗芳钧在徒步途中一路拍了好多好多太极拳定势美照
杨帆摄

Thame Gompa寺庙　**陆一摄**

　　11月4日，今天在Thame休整一天，我们在向导带领下向上
攀升到4100米，领略了周围海拔六七千米诸峰的景色。参观在村
庄之上的Thame Gompa寺庙，俯瞰山谷。

　　Thame的寺院是索卢昆布地区最古老的寺院之一，这座寺
庙是每年春天庆祝Thame舞蹈节Mani Rimbu的地方并以此
而闻名。这一地区还密集分布着其他一些神圣的寺院和地方，
如Laudo寺院、Chharok寺院、Gendukpa寺院、Khare
Nunnery寺院、Kerok寺院。

Thame山谷全景　**ROCKER摄**

Thame Gompa的舍利塔　**陆一摄**

Lumding Himal山墙，近处的小路通向Thame的寺庙、舍利塔和玛尼石　**陆一摄**

当我们爬上冰碛层山坡的顶部，就可以看到令人惊艳的壮观景象！从这个地点，可以看到山下的建筑和Thame山谷所组成的全景。我们看到的民居样式与不远处的Thame Teng相同。前面和更远处的山峰都高于6000米。从左到右我们可以看见：Gangtega（海拔6685米）、Tamserku（海拔6623米）、Kusum Kunguru（海拔6367米）。

在Thame平原的另一边，有一堵令人印象深刻的山墙，那就是Lumding Himal。主要的峰链从我们视线的左侧开始为：Kondge Ri（海拔6187米）、Tengkang Poche（海拔6500米）、Panayo Shar（海拔6549米）、Panayo Tippa（海拔6696米）。

这条冰碛石小路把我们带到Thame的寺庙。沿着小路我们看到了在小径上已经见过的刻在玛尼石上的箴言，还可以看到西藏风格的舍利塔。

玛尼石　**ROCKER摄**

最会摆Pose的谢丹　**杨帆摄**

Thame Gompa舍利塔　**谢丹摄**

经幡、龙达和风马旗，在整个藏族居住区分布非常广。龙达起源于藏语，是五种色彩的片状布料，最初与五个星相元素有关（蓝色代表天空，白色代表水，红色代表火，绿色代表木头，黄色代表金属）。它们印有各种星相和宗教符号，最初的目的是利用风力的帮助，用这五种元素来净化一个人的心灵。

随着佛教在西藏的出现，风马旗诞生了更广泛的宗教意义、箴言和神圣性。佛典上说，旗帜是祝福的工具，可以帮助那些接触到风马旗的人从生命轮回中解脱出来，哪怕他们仅仅是看到、触摸到甚至简单地呼吸到这周围的空气。印在中央的马与空气有关，象征着速度。它背负着三颗宝石，代表着佛陀、佛法（佛法教义）和僧伽（伟大的佛教团体）。在宗教背景下，这是消极力量迅速转变为积极力量的象征。在风马旗的角上，我们可以见到四种动物，这象征着其他的自然元素：鹰（火）、龙（水）、虎

山无语，心一境，观山者，自观内心…… **杨帆摄**

雍仲本教传统光明八字真言 "嗡嘛智牟耶萨林德" 五彩刻石 **杨帆摄**

群峰巍峨，孤树兀立 **ROCKER摄**

老外也被这山谷美景所震惊　**陆一摄**

何红章与Thame佛学院住持交流　**ROCKER摄**

Thame佛学院的小喇嘛在上课　　**陆一摄**

（木或气）、狮（土）。

　　谢丹用谐谑的文字描绘了这天的适应性徒步训练：

　　上午早餐后，缓缓上爬至海拔4000米处，参观了已有600多年历史的寺庙，在附近佛学院小喇嘛们的吼经声中下撤回营地。他们读经真的是用吼，在坡下就听到他们此起彼伏的声音，还以为是哪家发生了家庭纠纷。

　　11月4日晚上，在Thame的Sunshine客栈，何红章于深夜写下了一篇感性文字——《给3.0EBC环线徒步的勇敢队友》：

　　"京道基金·天高道远"活动已进入3.0模式，活动整体已历时十天，大EBC的徒步活动已进入第五天。活动通过京道公众号和队友朋友圈呈现了部分美景和活动线路，但在面对即将到来的高

在4100米山顶俯瞰Thame Gompa寺庙和周边海拔六七千米的群山，心旷神怡　**陆一摄**

海拔（4000米到6000米）高强度徒步前，大家的心情还是难以用言语表达，虽然队友们在前四天的低海拔适应性徒步中整体状况还好。

然而在后续的十天中，队友们将要高强度地翻越速升的垭口，在缺氧低压的雪线等高线上徒步整日、跨过冰川。大家压力之大，就像大战来临之际的感觉，队友们自娱自乐，玩玩扑克，打打趣，拗拗造型，摆摆拍，多聊些无关徒步的生活话题以转移关注力，多看些夏尔巴登顶珠峰英雄的丰功伟绩以激励自己。然而明天，真正的压力来临，考验已经到来，即将到来的高海拔徒步的10天，必将是队友们充满艰辛、载入史册的日子；必将是从自然中启迪智慧和正能量的日子；必将是每位队员一辈子文化沉淀、财富升华的日子。

......

11位战友面临的是大家都没走过的路，低温、崎岖、缺氧、低压和不可知的风险。然而，为啥京道要举办这样的活动？为啥队员们要放弃舒适的工作和生活环境而挑战自我？为啥？

昨天晚上本想写些许感受，但由于住宿条件实在一般，我在被窝里蜷缩了一晚而不能下笔，今晚暖和点了，也有热水和卫生间，就想跟大家交流下。

人生在世不过3万天，我们从孩提到年迈，是眨眼间的事。学习还没学完，书还没读完，眼睛已经老花；工作还没有完成，事业还未圆满，年龄已到退休，精力已经不济；生活还没好好享受，还有很多孝未尽、善未行，自己的鬓毛已衰！

人生在世不过3万天，每人的道路选择不同，真正的幸福不同。有人奢侈，有人节俭；有人积极，有人消极；有人功利，有人淡薄；有人自私，有人利他；有人一手遮天、欺上瞒下，有人掩面而泣、步履蹒跚艰辛；有人不知福报轮回、作恶多端，有人广做善事、利济天下！

人生在世不过3万天，说长则长，说短则短！认识的缘分不够而岔道分离，不认识的因同道而聚情分。我记得古人韩愈有云：须就近有道之士，早谢却无情之友！

人生在世不过3万天，选择正确的工作生活方式，选择正能量的同道之友，选择利于社会利于百姓的事业，对自己严格些，对他人宽容些，为官做人清廉些，少享受、多行善。记得司马光在

《训俭示康》中有云：侈，恶之大也。侈则多欲，君子多欲，则贪慕富贵，枉道速祸；小人多欲，则多求妄用，败家丧身。是以居官必贿，居乡必盗。故曰：侈，恶之大也。

缘分的轮回，一手在左，一手在右；

福分的消长，一手在上，一手在下；

幸福和孽障，一手在前，一手在后！

让我们双手合十，懂得放下归一、自然为上；让我们双脚并拢，懂得抬起放下、左右轮回！徒步吧，勇敢地去接受大自然的智慧启迪！敞开心灵吧，无畏地丰满着我们的人生之路、轮回之路、缘分福报之路！

凡为过往，皆为序章。

明天EBC徒步团队将离开Thame前往海拔4380米的Lungdhen。从11月5日开始到11月13日，连续9天在4000米以上行走、住宿，其中6日、7日、9日、11日、12日五天将攀升到5300米以上，最高将攀登到将近5600米的垭口观景台，并有一晚住宿在将近5200米的高度，真正的考验即将开始，准备迎接最艰难的行程……

后方的活动策划者之一陆剑锋在群里说：

从明天起一周内，徒步团队将经常面临通讯和上网信号不佳，出现断续失联的状况。京道后方团队将千方百计保持与前方的联系，并向所有关注京道的朋友及时通报情况。

Lungdhen

通过攀登做一个更好的自己

> 每个登山的人，不论登得多高，最终要回到出发的海拔。通过攀登做一个更好的自己，也许才是登山的意义所在。
>
> ——资深登山者 十一郎

　　11月5日，徒步第六天，从海拔3800米的Thame到海拔4300米的Lungdhen。杨哥表示：因为之前大家在Thame休整适应了一天，走在路上非常轻松。

　　早上8:30出发，下午团队在2:30—3:15之间陆续到达Lungdhen。

为防晒杨哥涂了个大花脸　**杨帆摄于11月5日上午8:23**

Thame后山上的分岔道，前往Thame Teng的路标　**陆一摄于11月5日上午8:27**

背夫提前出发了　**杨帆摄于11月5日上午8:24**

出发仪式　**ROCKER摄于11月5日上午8:31**

下坡后可以看到Kyaro Gompa和远处的Thame Teng村　**陆一摄于11月5日上午8:32**

　　爬上后山，我们在小路的交界处转向Thame Teng方向，下坡后就可以看到Kyaro Gompa——一座和加都的大佛寺非常相像的寺庙，只是看上去体量要小一些。

穿过Thame Teng小村　**杨帆摄于11月5日上午8:54**

搞怪的摄影师杨帆　**ROCKER摄于11月5日上午8:35**

搞怪的摄影师ROCKER　　吴柏赓摄于11月5日上午9:16

在乱石堆中前行　**杨帆摄于11月5日上午9:20**

吴哥在他的日记中这样写道：

今天几乎在乱石中穿行，每一步都要小心翼翼踩稳石块，稍有不慎很可能扭伤脚踝，两根登山杖起到探路和支撑作用。在高原上坡时，几乎每五分钟就要停下来休息一下，喘喘气，不能硬撑着。要根据自己的体能行进，毕竟在不同年龄阶段，身体素质大不同。下坡路特别好走，但这只是相对而言，有人说下坡伤膝盖，我的体验正好相反。

Thame Teng小村俯瞰图　**ROCKER摄于11月5日上午9:27**

一对同行者的剪影　杨帆摄于11月5日上午9:51

穿过Langmuche Khola河　杨帆摄于11月5日上午9:54

陆老师用一块玛尼石和命运商量着未来的路……背包外还挂着湿衣服、毛巾和随时增减的衣服
ROCKER摄于11月5日上午11:33

陆一老师仍旧在路上尝试各种穿衣方式以便让自己更好地适应徒步的节奏：

从徒步第二天前往南池那个无敌虐人的大上坡开始，只要一上坡用力，就会大出汗，衣服全湿。从离开南池开始调整穿衣——贴身两件薄排汗衣，外加冲锋衣防风，这样感觉稍好，至少不会失温。每天在午饭点换下湿内衣晒干，晚上到达宿营地后再烤干下午路途中汗湿的衣物。

今天最险的一段路——不到30公分宽的疏松砂石路，最窄的地方只有一脚宽，经常会打滑，旁边是上百米深的陡坡 **ROCKER摄于11月5日上午11:45**

Marulung小村午饭点River Side Lodge老板的父亲Phurba居然也
是在南北两侧两次登顶珠峰的人　陆一摄于11月5日下午12:58

杨哥在微信里这样感慨：

　　在喜马拉雅山脉南坡的EBC地区，一不小心就会遇上登顶过珠峰、登顶过8000米以上山峰的夏尔巴人。这不，中午途中小歇，发现客栈小老板的爸爸就登顶过海拔8000米以上10次、两次珠峰，还有西藏登协颁发的登顶证书……

　　照片上的文字这样介绍他的爸爸：我爸爸15岁就开始了他高山协作的生涯，他曾经10次成功登顶世界上最高的8座山峰。

　　真不知道在这Thame山谷里还有多少这样默默无闻又惊天动地的人生？正像作家安意如所说：有些人坐火车和飞机去趟拉萨就敢吆喝"生死青藏线"，真是误人不浅。真正经历过生死考验的人，反而会气定神闲，从不多言。

　　吴哥、陆老师和谢丹今天一直在全队的最后，中午又搞错了午饭点，在Taranga一个客栈喝茶休息了一个来小时。下午吴哥

走进世界的边缘，探寻生命的超越和心灵修行的极限…… **ROCKER摄于11月5日下午14:40**

真正经历过生死考验的人，反而会气定神闲 **杨帆摄于11月5日下午14:16**

通过攀登做一个更好的自己 **11.5**

131

陆续到达Lungdhen，今天背夫几乎和我们同时到达　**ROCKER摄于11月5日下午14:44**

在最后阶段拉下了半个多小时的距离，他后来写道：

今天快到营地Lungdhen时，忽然有点反胃的感觉，我想可能是高反的轻微症状。多休息一会儿，多吸一些稀薄的空气，让身体中的血氧比例升高，这种症状就会减轻或消失，现在完全恢复。

正因为此，晚饭后吴哥主动提出，他明天提早出发，不拖全队后腿。何总和杨哥商量后决定：明天分两批出发，第一批吴哥、陆老师、谢丹、杨帆以及两个向导，早上五点半出发；其余队友早上七点出发。因为明天要上升将近一千米，翻越第一个海拔超过5000米的超级垭口Renjo La并最后到达海拔4700米的宿营地Gokyo。

吴哥还没进村　**ROCKER摄于11月5日下午15:00**

ROCKER找到一把破吉他，陪儿子学了很长时间的他像模像样地弹唱了一曲　陆一摄于11月5日
下午15:11

　　由于今天到达时间有点早，晚饭前何红章觉得不过瘾，拉着ROCKER上4600多米的后山去拍日落并适应海拔。没想到孟爱国看他们出去了，也匆匆忙忙跟出去，结果走岔了道，没有赶上他们。天黑之后，何红章和ROCKER已经回来，大家这才发现老孟又一次走失，没有和他们一起回来。这一下，在厅房里休息的队友都开始紧张起来——天已经黑了，山上起了浓雾，又不知老孟朝哪个方向走的。已经将近两个小时，不知他走了多远，在山上手机没有信号，没办法联络。连向导都开始紧张起来，因为在山上，天黑之后迷路是非常危险的。有人着急地提出立即分头上山寻找，但被杨哥制止了：这样无目的地上山，不仅不一定能找到老孟，还可能让没有高山救援经验的队友陷入险境。大家只能继续等待……
　　晚上7点来钟，老孟终于循着灯光回到了客栈，大家这才松了一口气。尽管他还兴奋地安慰大家说，在山上看到了绝美的景色，但何总还是认真地批评了他："我刚才出去是拉着有丰富高山经验的ROCKER一起走的。你没有高山经验，在天黑单独行动，这样不仅消耗了你自己的体力，万一迷路出危险，还会给整个徒步团队造成影响。"

这一晚，山上的队友们都在为明天翻越第一个超级垭口的艰苦行程和接下来连续行走在5000米高度而做着心理准备，彻底没有信号并没有引起队友们的过分在意。但是在山下、在后方的队友群里却乱了套，失联给后方的家人以无限想象，今夜无人入眠，在上海、在厦门、在北海、在绵阳……

无论是对山上的队友还是后方的家人，有一句话是准确的：真正的考验即将开始！

拥抱群山　ROCKER摄于11月5日下午16:14

Lungdhen暮色极美，但由于没有信号，与后方失联的队友们不知道，家人们这一晚无人
入眠……ROCKER摄于11月5日下午16:49

Renjo La Pass

第一个超级垭口

> 这里是雪山的故乡，一座座山峰相连，我们是一群在生活中主动离开核心，旅行到位于边缘的生与死上来看一眼的人。
>
> ——北大山鹰社 李兰

11月6日，EBC超级大环线徒步第七天。

清晨四点，Lungdhen的厅房和厨房昏暗的灯就亮了。

队友陆一整装完毕来到厅房，摄影师ROCKER和杨帆已经在那里准备妥当。随队向导Dawa Chhiri和今天临时请来的向导Glasang正悄声说些什么。Glasang是Lungdhen这家客栈老板的父亲，墙上挂着他两次登顶珠峰的证明和照片。他今天陪同我们先行小队到达Renjo La垭口后再返回。

一会儿队友吴柏赓和谢丹也拿着行李来到厅房。

昨天晚上，整个团队作了一个决定，根据前几天徒步的实际情况，让已经出现高反症状、行走速度比较慢的吴柏赓，以及老弱队友陆一和女队员谢丹组成先行团队，提早两小时出发。

这是因为今天的行程是开始EBC徒步以来最严峻的考验——将从Lungdhen前往Gokyo，途中翻越5360米的垭口Renjo La——这是EBC超级大环线中三个超级垭口之一。

今天行程中的绝对海拔高度将上升1000米，理论上的徒步时间是8小时多一点，但是按照我们团队的实际行走速度，估计将耗时10—12小时以上。

为了保证整个团队行进的一致性，不至于因为队友体力不同、队伍拉得过长而造成安全保障上的困扰，团队决定按行进速度不同分两队前后出发，以保证晚上到达Gokyo的时间相差不是太大。

早餐是一个鸡蛋、一碗麦片，由于今天路途中没有村庄补给点和客栈，午餐只能给每人准备两个鸡蛋、两条巧克力饼干和一些其他干粮。

我们原有三个夏尔巴向导：Ang Phurba、Dawa Tenzing（我们叫他大Dawa）和Dawa Chhiri（我们叫他小Dawa）。为保证今天的分队行进，临时请了我们住宿客栈老板的父亲Glasang和Dawa Chhiri一起担任先行分队的向导，而Ang Phurba和Dawa Tenzing作为大部队的向导随后出发。两个摄影师也分别跟随两支队伍先后前行。

不过ROCKER尽管是跟后续大部队出发，但因为他要提前一些时间到前方山头拍摄这支先行小队出发的情景，所以他也很辛苦地提前起床出门。

吃完早饭，临出门之前，ROCKER提醒陆老师层层包裹的穿衣方式不对，应该在贴身衣服之外就穿上C棉的巴塔哥尼亚棉服。这件最新出品的棉服是ROCKER在一到达加德满都就送给陆老师的，了解这棉衣功能的他说，这棉服就是被汗湿透了也能保暖。另外衣服之间要留有充分的空间充盈空气，这样既保暖又透气，而且在徒步中身体发热出汗后，随时要脱的衣服应该顺次穿在外面。听了ROCKER的建议，按照他的要求，陆老师重新调整了穿衣的顺序。

早上5:20，天还没有亮，吴哥、陆老师和丹姐三个人就跟着向导Glasang出发了。

头灯闪烁、星光辉映，黑暗中既看不清前面队友的人影，也看不清四周的地形，更看不清路面的高低不平……大家只是默默地跟着Glasang的头灯往前走。

刚出门之后的路基本上是缓缓上升的土路，杨帆和ROCKER在小队行走前方半小时左右的山坡高处等着大家过来，远远地大家只看到他们和Dawa Chhiri的头灯在山上闪烁，他们的镜头里也只有队友们的头灯和模糊的身影。

随后ROCKER返回客栈等待和大部队7:00一起出发，Dawa

小队出发时队友的头灯在慢速摄影的照片里拉出了一条光带，远处的灯光是Lungdhen小村　**杨帆摄于11月6日上午5:18**

走近了才依稀辨识出人影　**杨帆摄于11月6日上午5:32**

回望已经废弃、几乎无法辨认的小村Kharka，远远的是丹姐、吴哥的身影　　**陆一摄于**
11月6日上午6:56

Chhiri跟上小队继续前行。小队一行由向导Glasang和Dawa
Chhiri在一头一尾随队保障，摄影师杨帆跟随大家沿途拍摄，三
个老、弱、妇女组成的小队就这样在逶迤的山路上一步步往前。

过了七点，天渐渐亮了，从4380米的Lungdhen出发，行走
近两个小时后先行小队途经一个已经废弃、几乎无法辨认的小村
Kharka，这时海拔已经上升到4672米。

在出发后的两个小时中，海拔高度急剧上升了将近300米。
尽管因为天还没亮，摸黑前行对坡度和高度的感觉相对迟钝，但
是体力的消耗还是很大的，这支小队伍也开始慢慢拉开距离。

陆一和紧跟着他的Glasang走在队伍的最前面，在几乎不
停歇的行进中，慢慢和其他队友拉开距离，吴哥、谢丹拖后约有
半个来小时的距离。杨帆和Dawa Chhiri跟随着吴哥和谢丹慢慢
前行。

陆老师在事后这样描述：

我从清晨5:20不到出发，一路上没有坐下休息，30公分一
步，一到两个台阶喘几口气，小步慢走不停歇，能走三步就绝不

几乎完全干涸了的Renjo Tsho　　陆一摄于11月6日上午7:31

并作两步，能行走就绝不停歇，能站立就绝不坐下……正因为采取了这样一个正确的徒步策略，尽管绝对速度比不上其他年轻队友，但相对的总体速度并不慢。而且按照自己的体力均匀地配速前行，体力消耗和自我感觉都还不错。事后Glasang也对我们的向导Ang Phurba说：这个老哥走得很聪明，他这样走，可以保证在自己体力允许的范围内走得最远。

吴哥几天后在追述这一天时这么描述：

第一梯队于凌晨5:20从Lungdhen出发，约走了100米坡度就开始向上，然后向超过45度前进，海拔逐步升高，到4800米时高反已明显在身体中反映出来，走几步喘几口，走路越来越慢。

过了Kharka不远，应该是我们今天途中见到的第一个高原冰湖Renjo Tsho。但现实中这个冰湖只剩下几条冰封的溪流，几乎完全干涸了。

过了Renjo Tsho之后，又是艰难的上坡路，差不多一个

海拔4970米的高原冰湖Relama Tsho，远方山脊上的Renjo La垭口已清晰可见　**旅途偶遇的Jing**
摄于11月6日上午8:27

海拔5000米的高原湖泊Angladumba Tsho   陆一摄于11月6日上午10:20

小时以后，终于看到今天途中第二个高原冰湖、海拔4970米的
Relama Tsho。这个时候，已经能够远远地看到远方山脊上的
Renjo La垭口了。

　　这时走在小队前面的陆老师所拍照片上的时间戳是将近上
午8:30，而走到这里还没有开始今天最艰难的路程。前两个湖
之间应该算是一段缓坡，陆老师用时1个小时10分钟。接下来从
Relama Tsho到垭口陡坡山脚下最漂亮、也是最大的第三个高原
湖泊Angladumba Tsho之间，直线距离尽管和前两个湖之间差
不多，但海拔还要上升将近200米。最后陆老师和Glasang用了
差不多两个小时，才到达Angladumba Tsho湖边。

　　在Glasang的建议下，陆老师没有和随行的另一个徒步者团

从5200米高坡回看美丽的高原湖泊Angladumba Tsho   陆一摄于11月6日上午12:15

高原湖泊Angladumba Tsho边上的玛尼堆，陆老师放
上了一块签了名的石头　**陆一摄于11月6日上午10:24**

队那样直接从湖边高处的小路绕过冰湖开始攀登最后一段冲顶的
路途，而是下到碧绿清澈的湖水边拍照盘桓了将近半小时以调整
自己的体力，并尽情地在这美丽的高原湖泊旁领略世上难得一见
的绝色美景，感觉灵魂都被这山水加持了。

大多数徒步者来到这里时已经很疲劳，为保存体力进行最后
的300米冲顶，他们很少在这里折向湖边作停留。让灵魂跟上自
己的身体——陆老师事后回味Glasang的这个建议，久久地为夏
尔巴人的人生智慧所折服。

这一天，大部分徒步者都是从右边高坡上的徒步主路横插过去，绕过Angladumba
Tsho湖，直接上山　**陆一摄于11月6日上午10:38**

后来，我们团队的何红章、孟爱国、胡惠鹏、罗芳钧到达这里时，也下到湖边停留了半个多小时。

离开Angladumba Tsho，沿着湖边的小道回到徒步主路，开始最后三百多米高度的攀登。

这才是今天最严峻的考验。在陡坡上继续攀登，在机械、挣扎的行走中，有充分的时间思考人生。在路上，有心的陆老师用手机录下了一段路上一直反复在他的脑海里回旋思考的话，录音里风声和喘气声使得说话声音断断续续，几乎每吐几个字就要喘好几口气：

我不是一个喜欢争胜的人，但我也不会轻易言败。在人生中我可以认输，但在被打倒在地之后，我还是会用自己的双脚站立起来。

这一辈子，命运两次把我置于跌停板的社会底层，但我最短用四年、最长用二十年时间，重新站立起来，回到我应有的人生位置，并赢得了社会对我的尊重。

这几天，行走在EBC大环线的路上，缺氧、疲劳、高反、失温、气喘、体力透支……一切身体不适，都让我想起朋友在行前对我说的那句话：这些都是我们二三十岁时玩的活动，你这是逆生长啊。确实，六十多岁的我，曾穿越新藏线、转冈仁波齐神山、夜宿珠峰北坡大本营、重走长征路，现在又来行走EBC，这究竟是为了什么？

当天晚上，陆老师在朋友圈写下了他的回答：

很多人问，今天在路上气喘吁吁中我也反复问自己，这一切为了什么？可我只是想说，生活不是目的，而是旅程。最远的旅行，是从自己的身体到自己的心，从一个人的心到另一个人的心。其实，这一切不是为其他，而只是想用我自己的双脚，行走并站立到绝大多数同年龄的人不敢、不想、也不愿去挑战的高度和世界的边缘，我只想在有生之年不停歇自己修行的脚步而已……相信这些不仅仅是我，也是吴大大，更是参与天高道远活动的所有人的心声。

最后几十米高度的冲刺，坡度超过60度，头顶上就是Renjo La垭口 **杨健摄于11月6日下午12:18**

　　将近12点，海拔高度超过了5200米，后续的队友陆续赶了上来。

　　第一个与走在最前面的陆老师会合的是体力最好的戚玉文，他说他不耐烦走走停停，和陆老师聊了几句，就按照自己的速度超越向前，直奔垭口了。

　　接着，一路上始终距离陆老师半小时左右的谢丹和从后面赶上来的ROCKER一起，在过了Angladumba Tsho湖后的上坡路上，与陆老师会合。

　　ROCKER关心地问：吃了午饭吗？陆老师回答没有吃，只在路上间隔着吞了两个能量棒，现在也吃不下。ROCKER说，能量棒不能抵午饭，还是吃一点吧，不然最后冲刺体力会不够的。听了ROCKER的话，陆老师在停步喘息的当口，从背包里拿出打包的午饭，吃了两个鸡蛋和一块巧克力饼干。几分钟后陆

陆老师在最后冲顶，Glasang在他身后外侧做保护　**ROCKER摄于11月 6日下午12:32**

杨哥健步冲顶　**ROCKER摄于11月6日下午12:37**

杨哥在垭口前为陆老师留影　**ROCKER摄于11月6日下午12:43**

同一时间，杨哥在垭口前所拍
的陆老师和ROCKER　**杨健摄
于11月6日下午12:43**

陆老师和向导Glasang，Glasang曾两次登顶珠峰，是一个极其专业的高山向导，护送我们到垭口后
他立即启程返回Lungdhen　**ROCKER摄于11月6日下午13:17**

老师和ROCKER就起身继续往前走了，谢丹没走几步又开始停下来休息，慢慢地又一次落在后面。

刚过12点，杨哥就在上坡路上接近了陆老师，并和ROCKER一起超越了陆老师，在前面垭口的终点前等待队友的到来，并为我们一一拍摄最后冲刺的照片。

当陆老师越过ROCKER和杨哥，踏上Renjo La垭口时，时间差不多接近下午13点。从早上5:20到下午13:00整整耗时7小时40分钟。如果除去在Angladumba Tsho湖边盘桓的半个小时，应该是不停歇地整整走了7小时10分钟。

之前第一个登上垭口的队友戚玉文，在翻过垭口稍作停留后就绝尘而去；从身后超越陆老师、在垭口前为陆老师最后登顶拍照的ROCKER和杨哥，还在垭口前迎接着紧随陆老师接近垭口的丹姐和后续队友。

这时在垭口上，陆老师身边只有一路无言地陪伴、护持着他的向导Glasang。后来陆老师这样描述：

Glasang沿途始终走在我身后外侧两三步距离，非常专业地为我提供保护。有三次在脚下浮石松动造成我重心已失、几近坠崖的当口，他都及时出手扶住我，不然我肯定失控坠崖。想到这些，我不禁转身紧紧地拥抱住他，久久没有松手。不断涌出的眼泪浸湿了他半个肩头……

一般来说，在海拔5360米的垭口，风速几乎让人难以站稳，气温在零下10—零下8度，所以冲顶后不可能久留。待三五分钟，拍几张照片就应该离开。这是因为上山时身体发热出汗，徒步过程中又穿得不多，即便在垭口及时加衣服，但待的时间过长，还是容易造成身体失温，甚至引起感冒和高反。

在垭口没有几分钟，Glasang就和陆老师告别下山返回Lungdhen了。告别向导Glasang，陆老师转身含泪环顾四周，用手机录下了一段给妻女的话，告诉她们此刻的感受：我爱你们……

13:20左右，谢丹到达垭口。第二天，这个队伍中唯一的女汉子这么写道：

昨日的行程可谓是地狱之行啊！一路上，我基本五步一大喘、十步一小息。在喘气和歇息间歇，组织者已经被我在心里唾骂了一百次，也后悔了一百次：我为什么不用这个钱去填填自己日见下垂的脸颊，或者买两个名牌包包嘛！就这样，一半留意着上方时有的落石，一半胡思乱想着，我垂死挣扎着爬到了垭口。

经过九死一生的跋涉，几近崩溃之际，我到达了海拔5360米的Renjo La，这时我终于相信地狱与天堂是可以交互存在的了！当喜马拉雅山脉诸多神山豁然呈现在我们的眼前，无以言表

喜极而泣、大喊大叫、不知所云的丹姐　ROCKER摄于11月6日下午13:43

何红章与陆一合影，人
生的感悟和彻醒尽在不
言中　ROCKER摄于11
月6日13:47

的美令我们喜极而泣，我更是大喊大叫不知所云了。是的，此时
此刻，我们站立的地方，就是全世界观览喜马拉雅山脉的最佳点
（没有之一），哪怕是世界徒步发烧友也仅有极少数人到达得了
的。太他妈的艰辛了。😭

　　13:45左右，何红章到达垭口。当他和已经在垭口等候多时
的陆老师见面时，两人都不约而同地拉过对方，泪流满面地紧紧
拥抱在一起，久久没有放开。

　　事后何红章写道：

　　当在5360米的Renjo　La垭口看到绵绵不断的雪山之巅中珠
峰那么傲骨而静然地矗立在那儿，团队成员相互拥抱、感慨。够

大队出发离开Lungdhen　ROCKER摄于11月6日上午6:57

经过小村Kharka后的急剧上坡　ROCKER摄于11月6日7:58

大队经过已经干涸的Renjo Tsho　ROCKER摄于11月6日上午8:17

向海拔4970米的高原冰湖Relama Tsho前进，左起何红章、胡惠鹏、孟爱国、罗芳钧
ROCKER摄于11月6日上午8:25

第一次休息　**ROCKER摄于11月6日8:30**

胡惠鹏在高原冰湖Relama Tsho旁，后续大部队在此与吴哥会合　**吴柏赓摄于**
11月6日上午8:55

了，人生难得有这样的感悟和彻醒！我和陆一先生在两个大男人
间长达两分钟的紧紧拥抱中，热泪盈眶，这种感受难以言表！

那天，整个后续大部队是早上7:00左右出发的，一路走来到
达垭口也基本耗时将近7个小时。

后续出发的大部队，前两个小时行进速度很快，上午不到

队友孟爱国，已经
远远看得到垭口位
置　**杨帆摄于11月**
6日10:00

队友罗芳钧　**杨帆摄于11月6日11:54**

9:00，就与吴哥会合在海拔4970米的高原冰湖Relama Tsho 旁，这时距离走在前面的陆老师也只有半个来小时的距离。

在这之后，随着海拔的上升，大部队的行进速度有所放慢，直到冲顶垭口，始终和陆老师有40—50分钟距离。

队友罗芳钧，是徒步全程不用手杖的几个队员之一。他在第二天这么写道：

高原长距离徒步，对长期在低海拔地带生活的人们具有较大挑战性。最主要原因是，海拔越高空气越稀薄，氧气含量也越发减少，导致人们产生高原反应，体力与抵抗力下降。

当地向导及有经验的人一再强调，行动要和缓下来，登山时，要慢而再慢，不要走走停停，尤其不要快走一会儿累了停下来歇口气，一会儿再赶路——这在低海拔地带是没问题的，但在高海拔地带，这样是不科学的，也是比较危险的。因为停下来歇息过长，适应高原登山的机体新陈代谢缓慢下来，再出发又要启动适应，反反复复，会加大身体体能消耗与精神负担。好比汽车，走走停停，一会儿油门一会儿刹车，汽车就容易损坏一样。正确的方法是，行动和缓，可以很慢地一步步走，尽量匀速，均匀呼吸，少停下来或不停，这样既能赶路，机体氧气消耗也会更少些，到一定时候，身体机能适应了这样的高海拔登山的状态，整个机能潜力调动起来，反而会觉得轻松了。这是我的切身体会。

在接近5000米海拔的途中休息　**杨帆摄于11月6日11:54**

队友胡惠鹏，尽管膝关节有伤，但体力绝对可以　**杨帆摄于11月6日11:54**

孟爱国在最后冲顶中　ROCKER摄于11月6日下午13:16

谢丹在最后冲顶　ROCKER摄于11月6日下午13:17

何红章在最后冲顶中　杨帆摄于11月6日下午13:34

罗芳钧在最后冲顶中
ROCKER摄于11月6
日下午13:08

胡惠鹏在最后冲顶中　**ROCKER摄于11月6日下午13:27**

队友孟爱国　**ROCKER摄于11月6日13:43**

队友罗芳钧　ROCKER摄
于11月6日13:44

　　归纳起来，高原长距离徒步的要点，就是缓慢、匀速、均匀呼吸、少停或不停。

　　我是习练杨式太极拳多年的人，此拳要求缓慢、放松、匀速、连绵不断。这些与上面的要求是一样的。是巧合吗？我揣测不是，这正是杨式太极拳的养生奥妙之一。

　　最后，其他队员在下午13:45左右陆续到达垭口，与已经在垭口等待了将近一个小时的陆老师会合。

　　穿过干山万水，纵使高原雪山上的风，也吹不散，队友们执着的身影。

　　当大家陆续来到垭口，当珠峰、洛子峰、努子峰、马卡鲁峰等一众海拔八千米以上的亿年神山排列在眼前时，队友们相互久久拥抱，不由自主地泪流满面。对于这些如神灵般已然存在了

队友胡惠鹏　ROCKER摄于11月6日13:45

队友何红章　**ROCKER摄于**
11月6日13:59

几十亿年的巨峰而言，人的一生只是弹指之间的事，只有身临其境，才能真正领略到自然的伟大……

正如北大山鹰社的李兰所说："这里是雪山的故乡，一座座山峰相连，我们是一群在生活中主动离开核心，旅行到位于边缘的生与死上来看一眼的人。"

山河浩荡，雪山耸峙，亘古无言，面对着它，除了自觉渺小，心生谦卑，心怀感恩，还能做什么、说什么呢？

在所有队员到达垭口之后，大家发现拖在最后的吴柏赓以及

何红章与杨健　**ROCKER摄于11月6日13:48**

陪伴他的向导Ang还远远不见人影。

　　这时已经过了下午14:10。因为大家想在垭口拍一张集体照留念，何红章就要求孟爱国返身去接应一下，老孟便从垭口下去沿着来路接应吴哥。

　　当其他队友各自在垭口留影、合影之后，时间已经将近14:30，还是没有吴哥的消息。垭口极寒的气温、极高的海拔、

队友胡惠鹏拍完照后尽可能裹紧衣服、蜷缩在石缝中避风保持体温　陆一摄
于11月6日下午14:10

在Renjo La的合影，左起杨健、陆一、胡惠鹏、罗芳钧、何红章、谢丹、向导Dawa Chhiri；不在
画面中的队友有：戚玉文（已超前下山）、吴柏赓、孟爱国、ROCKER（摄影）、杨帆（摄影）、
Dawa Tenzing（向导）、Ang Phurba（向导）　**ROCKER摄于11月6日下午14:25**

极稀薄的氧气和极刺骨的强风，对身体是一个极大的伤害。长时间在这样的高度和这样寒冷的风口停留，会引发一系列不可预料的后遗症。最后何总决定不能再等，我们先拍合影，把队友的位置空出来。

最后全体队友离开垭口下山的时间是下午14:35左右。在垭口停留时间最长的杨哥、ROCKER、陆一等都已经待了将近1小时45分。其他队友则在45分钟左右。而老孟因为返身下垭口接应吴哥，在垭口时间不仅有一个多小时，还造成了体力上的透支。

事后有专业人士向我们指出，这其实是很不安全和不太专业的选择。只是当时大家都没有意识到，这个选择将会在今后几天给队友们的身体带来的危害和给整个行程带来的影响……

这个时候，吴哥在Ang Phurba的陪护下，离垭口其实只剩下25分钟左右的路程，也进入了最后冲顶的极其艰难的时刻。

63岁的吴哥是全队年纪最大的队员，为这次EBC徒步，他作了很久的准备。在决定参加今年天高道远3.0的活动后，他就几乎每天坚持高强度的体能训练：每天步行将近3万步、在健身房进行负重增肌耐力训练，这样每天要花8—10小时。但是在临出发之前的10月25日，他因为胆结石突然引发胆囊炎。在这种情况下，医生强烈建议他不要参加徒步活动，然而他在保守治疗后，还是带着消炎药毅然前来尼泊尔，参加如此高强度的EBC超级大环线徒步。

而吴哥在临近出发到尼泊尔的前几天又安排了其他的行程，所以他的行前准备稍显仓促，装备准备不足：背的是一个普通的城市通勤背包，没有专业背负系统的帮助，使他付出更多体力的同时，又造成双肩和颈椎相当地不舒适；没有准备合适的徒步软壳裤，只穿了一条牛仔裤，后来还是徒步第三天在南池买了一条猛犸象的软壳裤，却没有及时更换更重要的背包；没有准备专业的徒步羊毛袜，在海拔上升、气温下降后，只能穿两双袜子以保暖（陆老师见了以后，送了一双厚的羊毛袜给他）；药品准备也不够，无法应对自己身体出现的不适和高反……

正因为这种种原因，尽管在低海拔时吴哥自己感觉身体尚可，在南池和Thame休整时还额外早晚上山拍风景。但就是因为没有注意休息和节省体力，到了高海拔时，就出现了明显的高反症状。

在吴哥自己的日记中，在徒步开始的前一晚他就出现了睡眠不好的记录。在11月5日从Thame到Lungdhen的途中，他其实就出现了高反症状。当晚，吴哥自己对明天行程的艰难作了充分的思想准备：

明天早上第一梯队5:00从Lungdhen出发，穿过垭口Renjo La（5360m），因为路更难走，海拔落差达到1000米。我经历过海拔5600多米的徒步，但没有尝试过短时间徒步落差1000米左右。没有尝试过的事情，心里还是会有忐忑，重视、重视、再重视，休息好，走稳走慢一点，宁可走的时间长一点，也要让自己在途中休息好，重视大自然就是尊重自己的生命。

晚上已作好明天出发的必要准备，明天中午没有地方用餐，也没有地方休息，预计行程15公里以上，因为有海拔高度问题，因此每小时走1.5公里就不错了，这样连续步行10小时，为保证途中营养，装备2块巧克力、2个鸡蛋和1包饼干，每个人自带水壶。

出发两个多小时后，吴哥精神满满，但已略显疲态　**杨帆摄于11月6日上午7:46**

有人认为15公里走6个小时已经足够，因每小时只要走2.5公里。实际上只有走过才知道，什么叫不靠谱！当然登山专家和当地老百姓除外。

Lungdhen的住宿条件很差，好在已经稍有适应，今天已经是第二次不洗脸洗脚就钻进被窝睡觉了，不是不想，而是没有条件，更何况入睡在此次徒步中海拔最高之地，不知道今晚有没有好梦或无梦。

事后，吴哥11月13日在微信朋友圈自我感慨：

原以为围着冈仁波齐转山转水走一圈已经是很牛的事情了，走过尼泊尔EBC大环线才知道大餐才开始，没有好的胃口根本无法消化，EBC不是想走就能走的。

只有我，无知无畏，曾经走过！

吴哥的速度开始放慢，停顿次数明显增加   **杨帆摄于11月6日上午7:56**

　　因此，11月6日清晨，吴哥在和陆老师、谢丹一起提早出发不久，就因为体力和速度关系，在天亮前就和陆老师拉开了距离，9点不到就与后续快速前行的大部队会合，随即被超越。

　　尽管体力透支严重，高反症状明显，但个性倔强的吴哥仍抱着不服输的劲头在不停地向前行走。

　　第二天，他在日记中这样描写：

　　一路上寒风凛冽，不规则地吹动裸露在外的皮肤，身上的热量随之飘散，足足13小时几乎没有补充水分，只进餐了两个鸡蛋和一块巧克力。

吴哥背包的吊坠感极强，完全无法分解背负的重量   **ROCKER摄于11月6日上午10:05**

吴哥和前来接应的孟爱国在最后冲顶路上　　ROCKER摄于11月6日下午14:46

　　冷风吹着，吹落了鼻下的清水鼻涕，不知道是因为麻木还是什么，反正擦不干，好像很多人都任之自由流淌，我口袋里的餐巾纸用了一张又一张，反复使用，每张纸巾都浸满了液体。

　　在13个小时中我只坐下休息了两次，每次不超过十分钟，已经记不清有多少次因为喘气而停下脚步，每每因有人超过我越走越远而无可奈何，想协调脚步和呼吸频率，但还是产生了心跳加速和呼吸困难的情况，从而不得不大口大口地吸进空气中不足60%的氧气，也只能根据自己的体能而改变往前往上行走的节奏。

　　垭口越来越近，越走越陡，路面只是大小不一的石块简单地摆放在一起，踩在脚下时必须用登山杖先作一下支撑，以平衡自己的身体。在看似有路的台阶上缓慢前行，200多米的高度足足用了两个多小时。大自然的鬼斧神工随着越走越高而越显奇特，尽管心有余力不足但我仍然努力坚持向上。

　　最后，顽强的吴哥还是用自己的双脚踏上了Renjo La垭口，时间是下午14:50左右，耗时9小时30分钟。

　　他这样描述自己当时的心情：

　　当终于踩在海拔5360米的垭口之上，此时此地内心的欢呼和体力的疲劳交织在一起，拥抱大地、拥抱大山、拥抱幸福和拥抱每个人。

　　过垭口时很有点筋疲力尽的样子，疲惫至极，海拔5360米的垭口风光超美，低于零度的山风极大，ROCKER、杨帆和孟老师在

吴哥终于靠自己的努力踏上垭口　ROCKER摄于11月6日下午14:49

垭口前等我已超过一小时，超感动。

下午15:00左右，全队最后一批队友离开垭口下撤。

这时Gokyo山谷中暮云四合、雾霭蒸腾。大家所不知道的是，下山的路比上山的路更加危机四伏，而且由于全队在垭口等待过久，接下来即将迎接速度比较慢的队友的，是极其危险的摸黑前行。

队友罗芳钧这么描述：

下山也陡，松土小滚石多，更滑。稍有不慎，那么高掉下

吴哥和Phurba、孟爱国在冲顶后合影　ROCKER摄于11月6日下午14:50

ROCKER和杨帆在海拔5360米的垭口把吴哥举了起来　**孟爱国摄于11月6日下午14:52**

两位摄影师ROCKER和杨帆每人负重都逾10公斤，一路前后照应，体力消耗极大

Phurba摄于11月6日下午14:52

Gokyo山谷已被蒸腾的浓雾笼罩　**杨帆摄于11月6日下午14:54**

去，非死即伤。

　　何董、杨哥与我下午下山，走在最前面，也总算在滑了两下后安全下了山脊。回望，自己是安全了，但为还在山上的大家捏一把汗，尤其是吴哥、陆老师，年龄大，上山体力消耗已经很大，下山若体力不支，腿力撑不住，一滑下会很危险，我不敢深想。

走进云雾中，惊现佛光
**杨帆摄于11月6日下午
16:04**

山里的天，下午将近5:30就快黑了　**杨帆摄于11月6日下午17:19**

珠峰落日烁金，坡边逶迤的狭窄线条，就是我们前行的小路　**陆一摄于11月6日下午17:16**

　　我和何董，以及更早到的队友戚老师在宿营地餐厅心神不宁地喝着茶，大概半小时后，在后面等大家的杨哥进入餐厅，告诉我们所有队友都下了山脊，正走在和缓的山路上。我们一颗悬着的心总算落了地，开始安心喝茶。

　　队友谢丹事后这么写道：

　　如果垭口呈现的景观是对我们前段路途的丰厚回馈，那下山的路才是对我们真正的考验。下撤的坡度与上坡无异，某些路段可谓难度更甚。鲁迅先生说过："世上本没有路，走的人多了，也便成了路。"在这人迹罕至的地方何来路！仅凭向导的指点，手中登山杖的支撑，身躯几呈九十度前倾，连滚带爬地下到了山脚。当我跌跌撞撞地推开营地休息厅门时，要不是先期到达的队友及时伸出手臂、送上肩膀，我就瘫到桌子底下了。

　　我赢了，是的，我赢了！

　　陆一在日记中这么写道：

　　下坡的路，在天黑前是极陡的砂石坡，和上山的路完全不同的是，同样的陡峭坡度，上山路是大的碎石，依稀还有不规则的石条垒出的台阶，至少还能脚踏实地；而下山在砂石坡上几乎无法踏实站稳，用手杖也常常无法撑到坚实的地方借力，非常容易打滑、摔跤、溜坡、拉伤肌肉和韧带。按ROCKER的专业建议，这种道路应该是脚不点地快速小跑下坡，但是我们这样的老年人，膝关节已经无法承受这样的剧烈动作，也无法支撑身体保持平衡；再加上上山时消耗体力太多，下山对体力的透支更大，几乎无法站稳。ROCKER看到我这样，就一路在我身后拽着我，免得我打滑摔下山。这一路下坡，如果不是他，我肯定在砂石陡坡上摔得鼻青脸肿了。

　　下了陡坡，天已经快要黑了，在暮色中我们一路快速在土路上前行，想在天黑前赶到宿营地Gokyo。但因为在垭口耽搁时间太久，按照我们的速度，在天逐渐黑暗下来时，我们才刚刚来到Gokyo第三湖边，开始沿着湖边的羊肠小道顺山坡往前走，要绕着湖岸前往对岸的Gokyo小镇。

　　在到达湖边之前，Dawa Chhiri已经把我的背包拿走。这时天几乎全黑了，一段一段外凸的山棱表面，上上下下有好多条小径，分不清哪条是可以走的主要道路。我们的队伍拉得很长，下坡后不久，ROCKER也超越离开我身边，这时小路上前后都看不到人，感觉

总算在天黑前下到坡底　　ROCKER摄于11月6日下午17:18

天地间只有我一个人的心跳、脚步和呼吸在陪着我往前走。

我掏了一下口袋，发现还好，清晨出发时用的头灯没有塞进背包，还在我冲锋衣的口袋里。我戴上头灯，在昏暗的光线照明下，逐渐看清右侧坡下不到十米就是冰湖湖面，坡度在50度以上，小路才两脚掌这么宽，路崎岖不平，许多地方还是松动的砂石，连手杖都撑不稳、更别说落脚。万一踏不稳滑倒或失足，那下方绝对没有可以拦住你的东西，而这个来自卓奥友峰下泄的Ngozumba冰川形成的Gokyo第三湖，海拔4750米，水温绝对在零度上下，而天黑以后的气温急剧下降到零下10—零下8度。只要掉进湖里，在两三分钟内就会失去知觉、停止心跳。当时在我前后一公里内没有第二个人，掉进湖里就意味着必死无疑。想到这一切，我汗湿的后背一阵阵冒冷气，只能机械地加快脚步往前赶路。

小路沿着一段段山棱宛转，我总以为过了下一个山棱明坡就可以到达Gokyo，可一个接一个不断出现的山棱明坡让我的希望一次次破灭。远远的Gokyo灯光一直在我前面闪烁，似乎唾手可及，但每过一个山棱却感到Gokyo又离我远了许多……

最终，在生无可恋、气急败坏、筋疲力尽的时候，我转过最后一个山棱，看到了一串灯光迎着我过来，当我踏上连接Gokyo岸边的石板栈桥时，终于看到一个熟悉的身影，那是我们的向导Dawa Tenzing来接我了……

当我走进客栈的厅堂，全身内外三层衣服都被汗湿，坐下后

湖右边山坡上逶迤的小路就是我们前一天摸黑前行的路，左上角是冰川，右下角是连接
Gokyo岸边的石板栈桥　**杨健摄于11月7日下午16:19**

久久说不出一句话。当时的时间是18:45，距离我早晨出发，已经
过去了整整13个半小时。

大家一起担心着仍旧在山上摸黑跋涉的吴哥，想到他身边还
有形影不离的Phurba，心里稍感宽慰……

一个小时后，在几位向导的迎接和护送下，吴哥和Phurba才
到达Gokyo。据队友的回忆：吴哥到达Gokyo时已经筋疲力尽，
晚饭都没吃就进房休息了。他脸部浮肿，嘴唇发紫，恶心反胃，
全身也虚脱无力。

这一天，全体队友约行走十五公里，海拔上升一千余米，用
时最多达十四个半小时。全体队员们凭借各自坚强的毅力，最终
顺利完成了当天的徒步行程。

Gokyo

隐身在尘嚣之外的净土

在世界的边缘探索自然的极限，在心灵的中央寻求精神的升华，感觉身体很地狱、心灵很天堂……

——队友 陆一

11月7日，EBC徒步第八天，全体队友在Gokyo休整，回味和感悟昨天的旅程。

在Gokyo所住房间，坐在床上透过窗子就能看到外面的雪山和湖泊。Gokyo湖是被雪山环抱的一个很纯净的湖，俗称"第三湖"，由于日照充分，湖水并没有冻结起来。清澈的湖水、湖边各种各样的玛尼堆与倒映在湖里的雪山相互映衬。山的雄壮和水的柔美、山的险峻和水的平和，完美地结合在一起，相得益彰。这真是一个仙境般美丽的地方！犹如人间最后一片净土，安静孤独地隐身在尘世喧嚣所不及之处。

本来今天安排的行程是爬上旁边海拔5357米的Gokyo Ri看群山，这也是走EBC大环线的每一个人到Gokyo必去的地方。

也许是因为我们昨天到过了Renjo La，这是大多数到Gokyo的徒步者不会去的地方；而从Renjo La所看到的珠峰群峰与从

卓奥友掩映下的第三湖　**吴柏赓摄**

戚玉文和孟爱国在
客栈门口晒太阳
陆一摄

Gokyo Ri所看的视角相差无几、高度几乎相同，但是视野更开阔、更完整、遮挡更少。再加上昨天的体力透支太大，绝大多数队友都感觉疲惫不堪。所以这一整天，大多数队友都在客栈的厅房里坐着喝茶、打牌、聊天，一整天没有出过门，来调整自己的体能。

也许是昨天接应吴哥并在垭口受凉，体力最充沛的孟爱国第一个出现感冒症状，血氧饱和度整个上午一直没有超过70%，早上最低时只有60%，同时还伴有明显的咳嗽，从咳嗽声音判断，已感染到下呼吸道。陆老师找出自带的消炎药和感冒药给他，但老孟拒绝吃药。陆老师再三劝说：感冒咳嗽在高原会引发肺炎，何况这不是你一个人的事，传染给大家更可怕。但这也没有用。最后陆老师求助何总，在何总半强制的劝说下，老孟才勉强吃了一次药，但这没有抑制住他的感冒和咳嗽。午后，老孟的喉咙因为感冒而嘶哑得发不出声音了。

活动结束后，老孟向陆老师分析了自己出问题的原因：

主要是自己大意了，过于自信，过垭口前的几天爬山消耗大了。还有就是对后面徒步的困难估计不足，在过第一个垭口Renjo La时，天冷风大，衣服又穿少了，受了千年冰山寒气。后来又吃得不适应，能量补充不足，导致体能和免疫力下降。

与此同时，吴哥昨天晚上到达客栈后出现了明显的高反症状，血氧饱和度只有64%，头痛剧烈，陆老师给他止疼药，但他拒绝吃药。今天早上血氧还是只有64%，仍旧头痛不止。在陆老师的反复劝说下，吴哥吃了止痛片，稍有好转。

中午吴哥、谢丹和罗芳钧还出门在湖边转了一圈。

吴哥后来这样追述：

昨天晚上睡觉直至早上起床后一直有点头疼，我知道这是疲惫和高反的综合反应，早上还是没有胃口吃饭，我知道有点高反症状。血氧饱和度很低，一直在60%左右徘徊，没有达到80%总是担心，而担心又能怎样呢？互相鼓励和安慰可能也是稳定情绪的有效方法。

吃饭是增加体能的有效方法，逼迫自己吃饭不仅仅是对自己负责也是对整个团队负责。

住宿在海拔高度4800米总是有点高反症状出来的，头疼、嗜睡和有一点点恶心的感觉对于平时不怎么生病的我来讲，带来一种莫名其妙的恐惧，拖累别人是我最不愿意做的事情。

今天休息，一整天都在休息，只在不知名的湖边闲庭信步走了一会儿，气温很低，变化也不大，太阳底下会产生懒洋洋的感觉，坐在湖边干净的石头上晒晒太阳，看着湖面碧绿清澈透明的湖水，仔细看看湖面下有没有鱼游动——居然没有看到。远处的雪山没有任何变化，几十年甚至几百年如一日屹立在天地间。美是被发现的。

陆老师一直在询问我的身体状况，实际上他的状况比我好不了多少。有时候他会"逼迫"你吃下他认为对你身体有益的药。

头痛治头、足痛治足，止痛药在某种意义上也是万能的，一片止痛药也让我舒服了一段时间，至少精神状态恢复了一点。

这里景色宜人、空气质量超好，只是因为空气稀薄，使很多人望而却步。生活在城市中的我们，偶尔享受如此宁静安详的生活真的很美好，而所有的美好都必须建立在健康的身体之上。

病歪歪的，说不清哪里不舒服，只是没有精神，用精神恍惚形容此刻很是贴切，想欣赏更多如此美景，也想爬上山顶（再往上爬500米就可以）欣赏五座海拔超过8000米的山峰。可惜整个团队没有人提出这个建议——更上一层楼，无限风光在险峰。

天空一碧如洗，宛如一块蓝宝石那样深邃迷人，蓝天下的雪山屹立在天地之间，宁静的山谷和静谧的小湖还有被太阳光温暖着的山风轻轻地吹拂着脸庞，哈哈，有点诗情画意的感觉。

尽管艰苦，也是值得。

来自世界各地的登山爱好者聚集到一起，在狭小的空间里有着各自的领地，我们团队成员也有自己的领地，喝姜茶或咖啡，因为这里是最温暖的地方，是大家回忆走过点点滴滴的地方，这里混杂着所有人几天或者十几天没有洗澡身上散发出来的异味和火炉里燃烧的牛粪味，还有让人作呕的天天吃到吐的永远不变的那几样食物，而这一切都不能改变我们对温暖的向往，直到不得不钻进狭小的睡袋。

陆老师早上测血氧，一如往常超过80%，所以在中午趁着天比较暖和，和杨哥轮流抓紧时间在客栈的小浴室里快速洗了一个澡，而后整个下午在阳光房里和谢丹晒太阳聊天。

看到吴哥逐渐加重的高反症状，经验丰富的杨哥开始担心，因为对于高反的应对和队友安全的保障是第一要务，所以杨哥在下午抽空和陆老师商量。陆老师说：我知道吴哥的脾气和何总的想法，但现在还无法做什么，只能提前与在后方的陆剑锋商量，让他预先作准备，同时和随队向导沟通，作最坏的打算。

陆剑峰与在加德满都的Climbalaya 公司老总Mingma和Dawa联系，确认此后几个住宿点是否都有直升机撤离点。陆老师随后也和Phurba沟通，Phurba表示，他们几个向导身边背着高压氧气瓶，接下来两个很小、很偏僻的住宿村庄都有直升机撤离点。这样，有了万全的预案，大家才稍稍放心。

傍晚，杨哥还是忍不住爬上Gokyo Ri峰顶拍了美丽的日照金山；ROCKER在入夜后也爬上Gokyo Ri峰顶拍摄了Gokyo的高原银河。

生活不是目的，而是旅程。明天EBC徒步团队将离开Gokyo，越过Ngozumba冰川，前往位于Gokyo东南部、Ngozumba冰川边、海拔4700米的小村庄Dragnag 住宿，开始EBC横穿路程，由于环境艰苦、住宿条件很差，可能面临再次失联的状况。

Gokyo Ri的日照金山　**杨健摄**

Gokyo的银河　ROCKER摄

Dragnag

横切冰川

以卓奥友峰为背景的出发仪式　ROCKER摄于11月8日上午9:48

如果有一天，你不再寻找爱情，只是去爱；你不再渴望成功，只是去做；你不再追逐成长，只是去修行；一切才真正开始……

——纪伯伦

11月8日，徒步团队离开Gokyo，开始整个大环线的横切路线。

卓奥友峰海拔8201米，以东北—西南山脊为界，北侧在中国西藏境内，南侧在尼泊尔境内。"卓奥友"藏语意为"大尊师"，山势魁伟，巍然屹立于喜马拉雅山脉的中部，东面距离珠穆朗玛峰约30公里。

卓奥友峰南面的Gokyo地区有六个高山湖，其中最著名的当然就是位于我们住宿的Gokyo小镇（海拔4790米）的第三湖了。从Gokyo小镇出发，花1—2小时就能往返Gokyo以南的第一湖和第二湖。从Gokyo小镇往北有第四湖和第五湖（海拔都是4950米左右），往返大约一共5小时。第五湖再往北徒步3小时左右就是卓奥友峰大本营（Cho Oyu Base Camp，海拔5200米）。第六湖是最为人迹罕至的一个湖，位于第五湖以东，需要横跨Ngozumba冰川，从第五湖出发单程都要3小时左右，从Gokyo往返第六湖马不停蹄都需要12小时，一天内往返几乎是不可能的，除非路上带帐篷露营。

上午10:00左右团队出发后，沿着卓奥友峰的山谷前行，顶着寒风、踏着山石，时而上坡、时而下坡，翻越冰川和垭口。

在半坡回望Gokyo　**杨帆摄于11月8日上午10:03**

Ngozumba冰川上覆满了石块和尘土，但石块层的下面全都是暗绿色的冰　**陆一摄于11月8日上午10:34**

　　Ngozumba冰川上覆满了石块和尘土，所以看起来并不像冰川，但其实石块层的下面全都是暗绿色的千年老冰。

身后是美丽的卓奥友，海拔8210米　**杨帆摄于11月8日上午9:56**

行走在碎石上   **杨帆摄于11月8日上午10:45**

在横切冰川的路上，络绎不绝的都是欧美徒步者的团队　**陆一摄于11月8日
上午10:50**

　　在冰川上走非常累，因为一直要上上下下。跨过冰川之后还要沿一条"之"字形路线爬上一个悬崖，悬崖上经常有飞石落下，很危险。

　　有人形容这里的地貌像是一只巨大的怪物撞碎了一座山，然后在乱石之中深一脚浅一脚、跌跌撞撞跑得无影无踪，剩下的现场就是眼前的冰川。

下冰川实际是在走一个极
陡的碎石坡　**谢丹摄于11
月8日上午10:47**

走在冰川上，身后是海拔6423米的乔拉杰峰   **杨帆摄于11月8日上午10:50**

过碎石坡   **杨健摄于11月8日上午10:55**

回眸一笑　**杨帆摄于11月8日上午10:50**

过冰川后在坡顶等待大家的向导Dawa Chhiri，像个大侠　**杨帆摄于**

11月8日下午12:16

中午这片冰湖有点化

冻　谢丹摄于11月8

日上午11:33

　　团队在向导Dawa Tenzing的带领下，一路前行。偶尔一打听才知道，在此之前他有着7次登顶珠峰（南坡3次、北坡4次，2019年登山季他又一次从北坡登顶珠峰）、3次登顶卓奥友峰的骄人成绩。得知后大家纷纷和Dawa Tenzing以卓奥友为背景合影留念。

冰面还能承受

杨帆摄于11月8

日上午11:33

来时的路是那么高的坡顶　**杨健摄于11月8日上午11:41**

陆老师在当天的日记中这样写道：

从Gokyo出发，前往Dragnag，海拔降低100米。跨越冰川，沿途都是千年老冰和大山石。今天开始EBC大环线的横切路程，需花三天完成。经过九天的行走，已基本学会如何穿衣、如何系鞋带、如何保暖、如何在乱石堆里行走、如何在行走中呼吸……在世界的边缘接近自然的极限，在心灵的中央寻求精神的升华，感觉身体很地狱、心灵很天堂……

何总接应吴哥后到达Dragnag小村　**杨帆摄于11月8日下午13:35**

出发时的吴哥　杨帆摄于11月8日上午9:35

今天全程6公里山石路，理论上只需2小时，但我们实际耗时3小时，下午1点左右到达驻地Dragnag（海拔4700米）。

休息了一天的吴哥，在出发时除了脸部有些浮肿，血氧指数还是偏低之外，其他都还好。

但是高反和体力不足，使得他在出发后不久就落在整个队伍的最后，在下坡横切冰川时就和大部队拉开了距离。

吴哥下山后这样追记：

今天是整个行程中最轻松的一天，只有两个小时的路程，约5公里，在山谷与山脊之间穿越。可我却用了四个小时，不是我不想跟上大家，而是因为各种因素跟不上，可能是因为透支，可能是因为高反，反正有点浑身无力，看见饭就会反胃，不是一个好兆头。

在海拔4700米左右的路都不好走，血氧指数一直较低，感觉有点疲惫，我还是走在最后，慢慢走，我知道我一定能走到，只是走得有些慢，我知道走得越慢消耗的体力可能越多，但脚步、心脏和呼吸不能有效地保持协调，各自为政。

ROCKER和Phurba一直在距我四五米的范围内跟着我，保护我，我的背包也已经到Phurba的肩上去了。Phurba是我们的导

在下坡横切冰川时吴哥逐渐和大部队拉开了距离　**陆一摄于11月8日
上午10:19**

这时吴哥已经落后于大部队45分钟距离　**ROCKER摄于11月8日上午11:04**

游、领队，他的身体也出现状况了，咳嗽得越来越厉害了，咳嗽、感冒发生在高原地区有时是致命的，几乎比我矮一头的他仍然像以往一样敬业，一丝不苟地做好每一份工作。

没有在一起生活过就很难想象，在贫穷落后的尼泊尔会出现如此为工作付出全部的人。在中国已经很难看到类似的事情了！

ROCKER是我们团队专职摄影师，沉重的摄影器材塞满了他的背包，拍下每个细节是他的工作内容，他在队前队尾来回奔波，很是辛苦。

我们每个队员遇到再大的困难也不会抱怨，更不会把痛苦当作谈资挂在嘴边。

助人为乐在此时此地已成为事实，ROCKER不仅仅给予我精神上的鼓励，还不断讲解徒步时应该注意的事项，只是我虽想跟着要求做，但就是做不到位。

两个小时的路程走了四个小时，我越来越落后了，我比陆老师还要落后一个小时到达营地。曾经我以为我的身体状况比他好许多，因为我这几年天天锻炼三四个小时，自我感觉体能状况良好，而现在却和大家逐渐拉开距离了。

周围景色再优美、环境再美好，我也只是胡乱地拍几张，追求完美也是需要好的身体、心灵和精神的。

当所有队员在前面横切穿越冰川走到冰川的中间时，何总回望发现吴哥和Phurba还远远地落在下坡小路的当中。于是他让我

大多数队友横穿过冰川，即将下坡沿小路去往Dragnag时，才远远看见何总接应到吴哥开始穿越冰川（见图中红圈） **陆一摄于11月8日下午12:23**

何总接应到吴哥　　**ROCKER摄于11月8日下午12:12**

们大家结队先走，他一个人在冰川中间找了一个背风处等待，接应吴哥，然后一起穿越过来。

这样，直到大部队到达Dragnag后一个小时，何总、吴哥和ROCKER才到达宿营地。

吴哥接着写道：

拖着沉重的脚步走进营地的综合餐厅，我背朝阳光懒懒散散地坐了下去，像葛优那样地躺着，好像这样会舒服一些，不想讲话，不想喝水，也不想任何事情，彻底放空。

我知道我的身体状况不好，但一整天几乎吃不下东西，不是不想强迫自己吃一点食物，而是看见食物就想吐。居然对任何食物都产生从未有过的恐惧感，也算是我意外的收获。

向导照例给我倒了一杯姜茶，虽然每次喝着都有暖暖的感觉，但今天的味道有点不一样，我就是不想喝。

导游问我想吃什么，我说不想吃，只想睡觉，有点无力感。陆老师给我泡了一杯他自带的麦片，我不知道味道怎么样，只是感觉一下子滑进了喉咙。

在Dragnag这个客栈的厅房里，由于只有我们和一路上伴随而行的另一支国内来的年轻人队伍，所以老板没有及时将火炉点着，但仅靠下午斜阳的光照，根本不够我们行走后湿热的身体保暖。老板在我们的催促下几次点火却没有加入干柴，只是用几块

丹姐用一个灿烂的笑脸，迎接吴哥进村　**杨帆摄于11月8日下午13:45**

牛粪助燃。结果不但没有让炉火燃旺，反而造成了烟倒灌。整个客栈都充满了呛人的烟火气。

在这看似不甚起眼的因素诱发下，前天在垭口耽搁过久的后遗症开始显现它的凶恶嘴脸：所有队员都在晚饭前开始出现断断续续的咳嗽。

已经感冒的老孟咳嗽更加剧，而且身体发冷。何红章再一次在陆老师催促下，逼迫老孟吃药，并且亲自将老孟强按在厅房铺着羊毛毡的卡垫上，用红花油为老孟开背推拿。

看着吴哥浑身无力、懒洋洋地没有精神，大家劝他去睡一会儿。但他还是强打着精神想和大家聚在一起聊聊天。后来吴哥自己回忆：

有时聊天也是一种奢望，睡意居然会在此时阵阵袭来，无精打采到极致时，会对周边事物充耳不闻，我就是这个状态。

此时我的心情是很糟糕的，明天怎么办，8小时路程，这是对专业高原徒步旅行爱好者的时间预计，我在身体好的情况下，也需要增加50%的时间，现在这种情况，16个小时也属于正常。这不仅仅是意志力的问题，也不是个人的问题，然而我还不想放弃，在昏昏沉沉中作心理斗争。

"明天可以继续走"，我知道这是骗我的，也是善意的，我这个状态已经走不了了，只是有点不甘。

接下来发生的事情，陆老师在他写的《吴哥救援记》中有一个完整的记录：

我整理完床铺来到厅房，杨哥马上拉住我，对我说，已经把吴哥的状况告诉在加德满都的Mingma以及在拉萨的西藏圣山登山探险服务公司老总桑珠了，他们的意见都是：这状况极度危险，应该立即下撤。这里可以上直升机，但海拔太高，直升机撤离也要有一个协调过程，需立即决策，不然，如明天在半道上出状况，要想直升机上来，别说时间来不及，就是想联系也没有信号，需要返回Dragnag打电话，如果出现高原脑水肿，则死亡率极高，而且发展速度极快，根本不给你时间抢救。

我对杨哥说，这情况你对何总说了吗？他说已经说了两次，但何总一直说，还是观察一下再作决定。高原经验丰富的杨哥知道利害所在，他希望我来劝说何总尽早下决心。

我知道，何总的为难在于，让吴哥下撤，在感情和个人情绪上，吴哥肯定不愿意。从天高道远1.0开始，吴哥就成了天高道远的一个坚毅不拔、勇往直前、不屈不挠的象征，他一般不会轻易示弱。吴哥也不会主动提出自己下撤。在左右为难之时，吴哥的病况发展迅速：连坐也坐不住，呼吸急促，反胃厉害。不多久，他脸色苍白站起身往外走，何总和我们马上起身。我看何总穿着拖鞋，就赶紧拦住他说，你这样出门会冷，我来吧。我快步赶到门口，吴哥已经神情恍惚，两手无力，找不到门把手，开不了门。我赶忙打开门扶他出门，还没走两步他就一口喷出吐在门边地上，然后连续喷射状地呕吐，将近十分钟后，把胃里的东西都吐干净才停止。可他这两天几乎都没有吃什么东西。

我在背后帮他按摩，并和大家一起阵手忙脚乱地帮他擦洗干净。Phurba立即让Dawa Tenzing拿出高压氧气瓶和吸氧设备，我扶着吴哥进房，让他躺进睡袋，吴哥还挣扎着不肯吸氧，杨哥和Phurba一阵劝说。我对吴哥说，我在上海还经常自己吸氧改善脑部供氧状况。再三劝说后，吴哥终于安静下来。我拿来湿纸巾，Dawa Tenzing清洁了氧气面罩后给吴哥戴上，起先Dawa Tenzing还说只需半个单位吸氧量，这时马上开始按照一个单位的供氧量给吴哥吸氧。

一个小时后，吴哥感觉好了很多，血氧饱和度回到80以上。

但他一起身坐着，血氧饱和度不久又急速跌到60左右，他只能再次躺下。

吴哥下山后这样追述：

在我躺下的同时，我的口鼻之上被强制性地盖上氧气罩。我心想：有那么严重吗，需要这么兴师动众地给我上如此严厉的措施？有时候不管你是否有不同意见，真的没有人会问你，他们每个人都认为这是为你好，只要是为你着想的事情，一定会被理解的，我也是这样理解的。

事实证明，可能真的需要，我已经缺氧到一定程度，补充身上的氧气比食用食物更加重要。只是我没有意识到，之所以还能跟上队伍，可能是平时体能的累积和意志力的原因。

两个小时的吸氧使我血氧饱和度达到94，非常好了，我自我感觉良好，精神状态好多了，以为明天带着氧气可以继续前行……

一个小时后再次测量，血氧饱和度又回到原点，我郁闷至极到崩溃。

陆老师在《吴哥救援记》中继续写道：

这时，何总需要综合考虑各种情况做决策了。

他听了杨哥对各种状况的说明，也听了Phurba关于直升机撤离的方案和Mingma在山下的准备。

我告诉何总，直升机撤离是需要时间准备和协调的，好在Mingma的表兄弟是直升机驾驶员，所以在协调上可能可以简单些，如果按照正常的保险公司协调撤离方案，需要更复杂更费时的过程。

写到这里，需要作一个说明：京道基金给每位队友购买的是平安保险公司的意外救援保险。后方的陆剑峰在电话里告诉陆老师，已经第一时间向保险公司报告出险，但当时平安保险的回应是，要我们把山上出险队友的姓名和联系方式给他们，由他们与山上的当事人联系，确认情况是否真的坏到需要出动直升机救援。如果联系后他们认为确有必要，再由他们去联系特约的直升机公司出动升空上山来救援。在所有环节中，无论哪一个节点对当事人来说都不可控，也无法预计最后是否能得到及时救援。人命关天，陆老师在和陆剑峰的沟通中第一时间否决了这个选择，因为如果按照这个程序，也许保险公司磨磨唧唧还没决定是否派直升机上来，人就出危险了。所以现实中，国内的保险公司根本无法在国际上提供及时、完善的救援保险，只能让Mingma在当地安排协调直升机救援的作业，因为Mingma的公司长期进行8000米以上高山登顶协作，在EBC地区的高山协作、保障和救援整个产业链上都有可靠的血缘亲属，组成了一张即时保障网。原来活动组织方在出发前曾反复提醒每个队友，要求每个队员自己另外购买一份商业保险，并建议购买美亚保险的全球救援险。但准备不足的吴哥没有给自己购买备用的保险，事后陆剑锋是用陪同下撤的陆老师购买的美亚保险保单理赔了这次紧急下撤的直升机费用。

回到当时现场，陆老师继续写道——

何总问我：陆老师，你的状况怎么样？他这是担心年纪最大的吴哥出状况的同时，作为第二高龄的我是否也可能同时出状况。

我说，我这几天体力透支尽管很严重，但精神已经调整到最佳状态，可以继续走下去。尽管我不能保证自己会在哪里出状况，但我可以保证我会第一时间告诉你我行还是不行。

何总说，我看你这两天状况不错。

但他还是踌躇再三。其实他考虑的是吴哥的情绪和感情因素。如果提出来让吴哥撤，他坚持不愿意怎么办？

杨哥说，要不我来陪他下撤，然后再上来？

这个方案是何总无法接受的。

这时，后方陆剑锋和前方Phurba几乎同时告知，Mingma已经搞定直升机，明天上午九点之前可以上来接人。

现在就需要一个决策，撤还是不撤？如何让倔强的吴哥自己同意下撤？

看到情况发展到这样，我上前拉过何总，在他耳边轻轻说：看来你难以决策是考虑到吴哥会倔强地不同意下撤，而吴哥也有一个情绪和情结上的执念解不开，毕竟下撤对他情绪的伤害远远大于身体的伤害。要不这样，明天我来陪他一起下撤，毕竟他一个人下撤没人照护也不行。我们老哥俩一起下撤，他情绪上也容

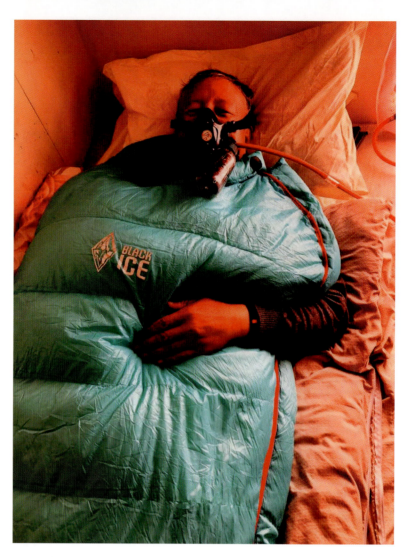

ROCKER摄于11月8日下午15:41

易接受。这样你去和他说要他下撤，他也容易接受。何况我手里
的记录和编辑公众号的工作每天在加德满都遥控观察也基本能够
完成。关键是人命关天，吴哥可以自己不顾一切往前冲，但我们
大家不能不顾他的生命安全。

听了我这话，何总权衡再三，最终确定这个方案：明天由我
陪吴哥下撤，队伍早上五点起床，六点出发。向导Dawa Tenzing
留下来照护我们登上直升机后，返回赶上大部队。

这时Phurba告知，明天一早，Mingma会亲自随直升机上来接
我们。

决策完，何总和我到吴哥房间告诉他决定结果，听了何总的
说明和我的安慰，倔强的吴哥没有再表示不同意。

吴哥事后这样回忆：

在昏昏沉沉的吸氧过程中，所有的团队成员进入我的房间并给
予安慰：你吸氧后就会好起来的，没准我们又可以一起走……我知

道我的状况，明天有可能会好起来吗？不继续坏下去就不错了。

安慰这东西都是骗人的，但都喜欢听，我也喜欢听，因为在心底里希望安慰的话真能成为事实。

何总用他那充满中药味、粗壮的手抚摸着我的额头，我想不起是精油味还是红花油味，肯定是帮别人做过推拿治疗了。"没有发烧，问题不大。"然后他告知我，"鉴于目前状况，你已经无法继续前行。主要是明天的行程更加艰难困苦，时间更长，更主要的是救援力量无法跟进。为了生命安全，我们考虑并安排陆老师陪你一起返回加德满都进行及时救治，我们余下的人继续走完你们未走的路。"

此时我知道我已经不可能再与团队前行了，已被淘汰了。有点悲壮、有点刺痛、有点无奈、有点不甘，所有的一切都是事实，不要拖累、不要成为负担、不要坚持也是我此时的心情，好吧，我赞同和服从。

晚上，何总安排Phurba与吴哥睡在同一个房间以防万一，睡前再次给吴哥吸了氧，使他得以安静入睡。一晚上，只要吴哥翻身、起夜，Phurba都赶紧起来照护。

吴哥自己也感叹：

当地导游真心不错，继续给我吸氧，给我铺设睡袋，拉好拉链，用我薄薄的羽绒衣挡住我的眼帘，让灯光不至于刺激我的眼睛，陪我待在房间，整夜都小心翼翼地照顾，即使亲人也不过如此。

但是这一夜，因为担心吴哥的身体状况是否稳定，绝大多数队友都无法安心入睡……

救援吴哥

> **感恩是一种生活态度，是一种善于发现生活中的感动、并能享受这一感动的思想境界……**
>
> **——佚名**

11月8日当晚，全队绝大多数队友都应该没有睡好，只隔着一层薄薄的细木工板，相邻房间里此起彼伏的咳嗽声响了一个通宵。

晚上10点，何红章在临睡前写下了自己的感想《人生征途》，发在微信群里：

不能睡眠不好，因为明天6点起要走12个多小时的徒步路，几乎全在4800米高海拔，其中要翻越接近5400米的垭口，海拔落差达千米，且要穿越亿年冰川。但情势又不能不让我写点感受！

队友吴柏赓先生大我一轮，是京道基金三轮活动的积极参与者，自信、乐观、正能量，是50后中少数让我钦佩的长者。由于前天连续14个半小时的高强度徒步，没能很好恢复体力，从今早起开始恶心、呕吐，即使这样依然坚持走完第九天的徒步路！然而，人生如此，企业如此，国家如此，作为决策者必须要有当机立断的能力。经过快速而周密的安排，决定明早九点派直升机来今天的宿营地接老吴回去，同时经团队综合考虑由陆一先生陪同吴大大（京道基金·天高道远1.0活动时的尊称）撤回加都。陆一老师陪同下撤，我是相当不舍的，作为随队作家，我跟他更多的是心灵交流，但他的身体状态我也是有所担心的，所以也许是天意，让陆一先生陪同下撤是最好的安排！没有了他俩的团队继续向前行进，也还会有其他困难摆在面前。

近年来国际经济政治形势突变、复杂，我们京道基金也面临着巨大的挑战，被投企业受到经济周期性、证券市场进入低迷熊市、金融去杠杆等因素影响，出现了预期收益下降和部分对被投企业乃至实际控制人起诉等现象，我们的管理者、员工也忧心忡忡，对未来甚至出现怀疑、焦虑、放弃的心态和行为。

面对复杂的形势，哪能简单处理和对抗？社会是多元的，自然是有规律的，一棵参天大树的长成是要经历四季才能有年轮的，才能从空中、地表、地下汲取养分。只有阳光、雨露、矿物质的哺育，才有其年复一年的长大！到了知天命之年的我，永远记得母亲对我说过的一句话——"树大长枝、人大长志！"说实话，作为企业的掌舵人，我看重创始人的底蕴文化，然而更看重团队的"五商"！没有管理底气、没有成败历练、没有利他心，哪能有大局观、战略观、幸福观！

京道基金从1.0至3.0活动，已经花费几百万，参与队员上百人，出版两本书，同时还要成建制举办到京道基金10周年！如果我们的京道人还看不到和认识不到活动的意义所在，还不能从活动中感受到点啥，还不能主动放下自己来历练自己，那么即使收入再高、待遇再好，京道也只能是浮华的企业、短期的企业。不精进的团队只有小我的格局！同时我们的投资人和被投企业，如果不是同道人，撇开产业方向不说，也得不到好的投资回报和长期回报！

一个好汉三个帮！世界上珠峰只有一座，但拥抱珠峰的是一种群山心态，珠峰是矗立在近百座6000多米的群山之上的！我们带着虔诚的心，如此艰苦地徒步大环线EBC，就是要在膜拜世界之巅（top of the world）时，共振我们的内心，增强我们的坚持力，放下我们的自大心，踏实做事，谦卑做人，有更多的同道人同行！不用担心有人离去，他们本不是同道人！不用顾虑有些利益失去，那些本不是你的利益！人生在世也就睡3平方米的床，人生在世也就四季更替、粗茶淡饭！

团队虽然有两位队友将暂时离开徒步之行，但我们依旧会一步一个脚印走下去，我们依旧会把虔诚的精气神充盈起来！祝好，未来征途！

一夜咳嗽几乎未停的陆一，就住在何红章隔壁，当他半夜因咳嗽从浅睡中惊醒，无意中拿起手机看到何总发在群里的文字时，感慨万分，穿衣坐起，窝在睡袋中，在几近零下10度的深夜，用手机写下了以下的回应：

看了何总以上的文字感慨不已，作为活动的随队作家，我本应更多地记录队友的言行感受。但今年活动何总邀请我加入工作团队参与筹划，我在这个寒冷的深夜不得不说几句。

记得在徒步开始前，我在转发活动信息的公众号时写下过这样几句话："内心就是信仰，灵魂就是图腾。参透生死，方能行走天地。"经过九天的高原行走，我已经越过徒步开始时的各种不适，身心都逐渐享受这种自虐的精神追求。

在整个活动筹备过程中，我看了所有能收集到的EBC攻略和有关登山的影片。我最深的感受是：参与登山的人，通过攀登所获得的乐趣，绝不仅仅来自登顶。准备的过程、攀登中克服困难、沿途欣赏美景、队友之间的默契……都是快乐的来源，登顶只是其中的一种快乐。从筹划3.0活动开始，安全就一直是何总和我们参与活动筹划的工作团队考虑的第一位目标和活动得以圆满完成的标志。

既然吴大大身体无法适应继续前行，何总从各方面考虑让我作为工作团队成员之一陪同他下撤，我作为和吴大大有生死之交的好朋友，当然义不容辞。

这其实是登山的另外一个真相：大部分时候，这都是一个死亡游戏，活着下山就是最大的幸运。这样的真实，和当下一个企业所处的社会生存环境非常相像。

……

3.0活动还在继续，EBC之后还有不丹的行程；京道基金•天高道远的精神追求活动还将继续；京道基金的企业发展也将继续。

我觉得，今天上午我陪同吴大大的下撤，只是整个活动过程中的一个小插曲和小花絮。就像何总在上面文字中所表达的内心感受一样：我们依旧会一步一个脚印走下去。

队友们，我们加都见，我们继续一起完成不丹的行程，我们还会一起完成4.0、5.0的天高道远活动，在有生之年不停歇自己修行的脚步……

——写于11月8日深夜11点50分至11月9日凌晨1点16分

后来在《吴哥救援记》中，陆老师这样表露自己的心迹：

护送吴哥下撤，对于我来说，是一个内心纠结和惊心动魄的过程，也是人生中极难下决心的选择。

从我内心来说，从策划这个活动开始到成行，我一直认为我能坚持到底，尽管体能不如年轻的队友，但我自觉会按自己的方式跟着队伍完成全程徒步。

事实上也是这样，虽然第一天到南池的那段虐人的大上坡给了我一个下马威，体力透支给我很大的打击，加上我容易出汗，衣服湿透后被冰凉的山风一吹，人就几近失温。但是在Thame之后，我逐渐找到了自己行走、穿衣的方式，逐渐与队伍合上了节奏。到翻越Renjo La垭口，体力已经和队友相差不太远，没有高反症状，透支体力后恢复得也正常。从Gokyo前往Dragnag的那天，我几乎和大部队同步行进和到达。

在我自觉身体尚可的情况下，放弃接下来的行程，从我个人内心的情绪上说也很难接受。

但是作为整个活动的策划工作团队成员之一，我们一直坚持的安全第一和生命至上的理念，不容我看着吴哥往自己的生命禁区继续深入。哪怕作为天高道远1.0、2.0、3.0的生死与共的队友，作为惺惺相惜的老哥俩，我也只能以他的生命安全为首要目标，除此，其他个人的东西都是次要的。

所以作出这个决定，并接受这样的安排，我在任何时候都无怨无悔。

在理智层面上话虽如此，但从情感层面说，哪个男人没有一点血性和雄心呢？在体力和生理并没有出现极端状况的中途，为了队友生命安全而陪同下撤，中断了自己策划几个月的计划和可能坚持到底的目标，陆老师的内心深处还是一直有一种无法和他人言说的不甘。尽管事后回看，按队友此后几天的实际状况，陆老师也许最多再支撑一到两天，可能也会出现无法继续的情况——最终全队在吴哥和陆老师下撤后也只是多走了三天。如果留在山上，按陆老师的坚韧和坚持，能走到终点也未必，但就像何总事后对陆老师说的那样，可能会伤筋动骨、元气大伤。

在撰写这本书的三个月里，在书面上、照片里、地图上和内

队友们出发前，欢声笑语充盈着整个房间　**陆一摄于11月9日上午5:30**

心里反复重走这一段行程，这种心有不甘的蠢蠢欲动一直在陆老师内心起伏。当得知ROCKER在2019年4月在天高道远1.0保障队员宝龙和海川陪护下，将从南坡攀登珠峰时，再从EBC主路走一遍到达珠峰南坡大本营的念头，就萦绕他的心头，怎么也难以抑制。他和ROCKER联络，看看有没有可能加入他们的EBC队伍，ROCKER也帮着陆老师联系了他们的登山组织者。

最终，在何总和陆老师太太蒋老师的再三制止下，陆老师才逐渐平复心情：

写书的过程是心灵修复、内心修炼和精神升华的过程。不管是我身体已经到达还是没有到达的地方，我的精神和灵魂都到过了，就好像我前世已经到过一样，可以清晰地复述、描写和再现。写一遍等于重走一遍，加上策划时反复来回，我差不多已经在EBC和萨迦玛塔国家公园走了三遍。也许只有这样，才能够稍稍安慰自己心有不甘的雄心壮志……

11月9日，EBC徒步第10天。

早上五点，听到队友起身，这一夜几乎没睡的陆一也挣扎着起床了。队友们惊讶问道：陆老师，你怎么也起床了？陆老师说：我得送别你们再护送吴哥呀。

吃完早饭，全体队友到吴哥房间向他告别。吴哥后来回忆：

清晨，我还在昏昏沉沉地睡着，他们整理好行装准备出发，

陆老师和队友们拥抱告别　**ROCKER摄于11月9日上午6:20**

　　临行前到我房间做一个简单而隆重的告别，10个队友挤满了狭小的空间，握别和拥别，没有更多的语言，只有眼神的交流，此时，真的感动，感动到热泪盈眶而努力控制不让泪水流下来。

　　接着陆老师送大家到村外，和大家一一拥抱告别，和大家一起拉起横幅宣誓出发，仿佛自己还在继续前行的队伍中。

　　下山后，陆老师写道：

　　当我在9号早晨一一送别队友，和大家拥抱告别后回到客栈，想到就在刚才，队友们的气息和欢声笑语还充盈着整个房间，面对空无一人的厅房，我一个人孑然而立，不禁长时间潸然泪下，内心的感受无以言表……

11月9日的出发仪式有点悲壮　**ROCKER摄于11月9日上午6:13**

出发翻越第二个超级垭口   ROCKER摄于11月9日上午6:29

队友们离开后，空无一人的厅房　**陆一摄于11月9日上午6:26**

　　早上七点多，Dawa Tenzing匆匆前来告知直升机已经起飞，二十分钟后到达。他匆忙去帮吴哥打点行李。浑身无力的吴哥感叹：

　　导游用约3分钟把我原本需要20分钟整理的行李收拾干净，只有在做的时候才发现，我的动手能力是如此不堪。

吴哥在等待直升机到来　**陆一摄于11月9日上午7:20**

直升机在村外降落，我们要连滚带爬奔跑1公里去乘机　陆一摄于11月9日上午7:51

陆老师也以最快速度压缩睡袋装好驼包。

陆老师接着写道：

　　我们在厅房等待没多久，就听见直升机的声音。Dawa Tenzing招呼我们往村外走，我们远远看到在村外一公里多的地方直升机已经降落，由于不能停留过长时间，我们几乎用小跑的速度在坑坑洼洼的野地里奔跑，在海拔4700米的高原上奔跑1公里，对体力

在飞往卢卡拉的直升机上　陆一摄于11月9日上午9:11

再次到达卢卡拉机场　**Mingma摄**

的考验绝对明显。Mingma在飞机边接上我，马上大声问我：Are
you OK？我气喘吁吁说，我没事，并指着身后跟跟跄跄在Dawa搀
扶下走过来的吴哥说，他不太好。Mingma赶紧前去搀扶。

当我们连滚带爬上了直升机后，飞机马上升空。我们挥手向
Dawa Tenzing告别，飞机直接向卢卡拉飞去，而Dawa还将在大部队
出发将近两个小时后，动身去追赶大部队，完成他向导的任务。

不久我们就看到卢卡拉熟悉的机场跑道，落地后Mingma带我
们到卢卡拉街上他亲戚的饭店坐下喝茶。他说要等二十分钟后再
飞加德满都。

原来直升机的驾驶员是Mingma的表兄弟，他在自己的飞行任务
中插档来接我们下撤。他把我们放到卢卡拉后，马上装上货物飞往
南池，再装运货物飞回。接下来再接上我们飞加都。

Mingma坐他表弟驾驶的直升机亲自上山来救援吴哥　**Mingma摄**

　　二十分钟后我们再次坐上同一架直升机飞往加德满都。这时，吴哥气色已好了很多，随着海拔降低，他的高反症状明显减轻。

　　飞机降落在加德满都机场，没想到的是，在停机坪等我们的是一辆救护车，车上下来的穿白大褂的医生问清楚谁出状况，二话没说就把吴哥摁倒在车上的担架床上。马上心电仪等急救设备启动，进市区，又一路鸣笛开到CIWEC医院。

　　吴哥后来回忆道：

　　此时没有语言交流，也没有人询问我是否需要帮助，我被动地被扶、被换，难道不知道我好很多了吗？所有行李都有人拿，结结实实当了一回贵宾，打开车后门，宽敞明亮整洁有序的空间，一边是简易床，一边是整齐的仪器和可以翻下来的板凳，救护车啊，我需要坐救护车吗，我"被坐上"我意想不到的救护车了，再一次被惊讶到了。

　　躺下、护理、检查等工作在车上简单而有效地完成。昨天晚上九点多才联系旅行社，这么快就变成现实并且各个环节衔接得如此清晰明了也确实让我刮目相看。

　　闪着顶灯，一路畅通，很快就到了医院。医院是一栋三层小楼，有一个可以停放两辆小车的车位。大厅前台理所当然坐着一位穿灰大褂的女护士，职业性地对我们微笑并拿出事先准备好需要填写的资料表。

老哥俩在卢卡拉等
待转机，海拔下降
后吴哥神态明显好转
Mingma摄

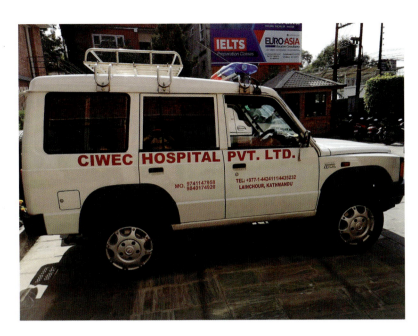

CIWEC高山救护医院的救
护车，把我们从机场停机
坪直接送到医院　**陆一摄**

　　医生助理先做针对性的问诊，然后一个50岁以上穿白大褂的医生用听诊器放在我裸露的前胸后背听了一下，又被做了心电图和抽了三小瓶血，再等了一个多小时，交钱，拿诊断结果。

　　结果：急性高原病。意料之中的结果，意料之外的是只有写着诊断结果的那张轻飘飘的A4纸片，而没有配给任何可以用作治疗的药物，可能是因为已经好得七七八八了。

　　陆老师在《吴哥救援记》中感慨：

　　这一路，让我感觉到了尼泊尔高山救援系统的高效和人性化，以及Mingma公司在整个系统中的灵活、安全和高保障性。

　　在等待检查结果的过程中，吴哥感觉身体恢复很多，用他自己的话说就是：不安分的心开始躁动了。他在群里向陆剑峰提出，12日想坐直升机再上大本营，然后随大部队下山。他感觉，

CIWEC医院是国际高山救援指定的诊断医院　**吴柏赓摄**

Climbalaya 公司合伙人Dawa Sherpa和业务经理平措帮助吴哥填写病历上的个人信息　陆一摄

如此被下撤，总有点遗憾。陆总在群里表示：吴大大，我好佩服你！可是不代表我投赞成票。

私下里，吴哥问我看法，我说还没来得及拿手机看微信群里的对话。但我对他说，如果直升机在半个小时里把你从1800米的加德满都送上5300米的大本营，就算你在加德满都感觉身体恢复许多，哪怕就是普通人，也会在急剧上升的海拔中出现高反。

不甘心的吴哥在到达酒店等待入住时，再次向Mingma提出，能不能12日随直升机上大本营？Mingma听我转告吴哥的想法，摇头表示太危险：不可能！吴哥认为我没传达清楚他的意思，再一次用翻译软件把自己的想法告诉Mingma，并说我可以签生死状，出问题不要你们负责。

Mingma耐心地告诉他：你在加德满都世界高山医学认证的医院里经过检查，检查报告的结论是急性高原病，如果我们还是把你送上去，哪怕你签了生死状，出了问题，我们公司的营业执照

还是要被吊销。所以这个完全没有可能!

直到这时,吴哥才完全放弃了再争取上山的努力。

下午,我们俩各自在房间里睡觉,吴哥睡了两个小时,可我在急剧的咳嗽中一直无法入睡。晚上,我们到泰米尔街上吃了一碗中国的汤面,回来后在群里为今天大部队毫无消息而担忧。

吴哥咳我也咳,山上的大部队里,也开始逐渐弥漫开咳嗽和感冒的症状,这也许不仅仅是炉烟倒灌那么简单的原因了。

但吴哥的高反症状已经消失,只是无力和腿软。我这一晚终于能够安心睡着,尽管两三个小时就被咳嗽弄醒,但还是一直睡到第二天10:15才匆匆起床去吃早饭。

下午,等来了大部队到达Lobuche的消息。无论身处在哪里,所有人都感觉松了一口气。

我这一天,一直不停地在把这篇《吴哥救援记》写出来。一边不停地写,一边不停地咳,一边不停地泪流满面……

——完稿于2018年11月10日尼泊尔时间晚上7点

11月10日吃晚饭时,陆老师给吴哥看了这篇刚写完的《吴哥救援记》,吴哥看完后含着泪对陆老师说:

说心里话,如果到最后我已经给整个团队带来影响,成为大家的拖累,我也会接受被下撤的结果。

他告诉陆老师,下午他朋友得知他在山上有两天时间血氧饱和度一直在60%左右时,告诉他,如果在ICU见到病人血氧持续在60%这样低的水平,那就意味着这个病人快要走了。吴哥说,得知这一点确实有点后怕的。

可是他内心深处的不甘还是没有完全消失,在当天的朋友圈他写道:

到第十天被撤下了,而心还在想着正在徒步途中的伙伴们,昨天是本次徒步最最艰苦和最不平凡的一天,祝福,一切顺利!

陆老师只能宽慰他:

吴哥,你已证明了自己。Renjo La垭口是三个垭口中难度最大、上下最陡的垭口……昨天我问了Mingma,Mingma说综合起来看,Renjo La是最艰难的。

Cho La pass

第二个超级垭口

出发开始穿越第二个超级垭口　**杨帆摄于11月9日上午6:23**

唯有知止，方能远行。

——佚名

2018年11月9日，极具挑战性的一天，徒步团队要穿越冰川，在陡峭的冰面上行走到海拔5330米的Cho La垭口，这是整个EBC超级大环线位于横切线路上的第二个海拔超过五千米的超级垭口。当天要到达海拔4830米的Dzonglha住宿。

前两个小时基本是沿着山谷4800米等高线缓缓上升。

上午8点以后，在经过了几乎无法意识到的一个小村Nimagawa Kharka后，就开始了急剧的上坡。

这是一段海拔4800米等高线上的缓坡　**杨帆摄于11月9日上午6:24**

这时，这段路程的艰险还没有露出它的狰狞面目　ROCKER摄于11月9日上午8:00

经过小村Nimagawa Kharka　**杨帆摄于11月9日上午8:06**

越来越难以找到平整的下脚路面　**杨帆摄于11月9日上午8:20**

　　从山脚下开始，眼前不再有明显的路。如果没有向导在前面，根本想不到那会是路——其实根本没有路，陡峭的坡道上全是大石头、乱石头，行走时要留意石头上的踩踏脚印，要注意保持身体的平衡，甚至在很多地方，必须得手脚并用才能爬得上去。

这里是Cho La Pass Phedi，一个露营地　**杨帆摄于11月9日上午8:32**

开始翻越海拔将近5000米的Nimagawa Kharka 坡顶　　ROCKER摄于11月9日上午9:50

在很多地方，必须得手脚并用才能爬得上去　　ROCKER摄于11月9日上午10:27

冲刺Cho La垭口，罗
芳钧与丹姐交换了背
包，以减轻她的负重
**ROCKER摄于11月9日
上午11:45**

　　翻过这个不算高的乱石坡后，真正的考验刚刚开始，等高线
显示，这个时候已经上升了300米，来到了5000米的海拔高度。
接下来两个小时里，队友们要在乱石路上急剧上升300米，克服
无法站稳的滑坠，顶着不时掉落的坠石，向上翻越Cho La垭口。
最后这段石头坡几乎与水平面成60度角，覆满积雪和暗冰，队员
们走得真是惊心动魄，脚时不时就在暗冰上滑一下，身前则是万
丈深渊。

Cho La垭口在望，反方向过来的徒步团队络绎不绝　**杨健摄于11月**
9日上午12:08

队员们中午到达海拔5330米的Cho La垭口，从垭口看，四周雪山环抱，尤其是巨大的Cho La冰川极为壮观。

过了垭口就开始穿越冰川，在向导的带领下，团队每位成员穿上了冰爪。在冰川上行走，这种体验对许多队友来说是有生以来第一次，非常难得。穿越冰川后下行，又是一段乱石路。

登上Cho La垭口，女汉子丹姐再也忍不住，歇斯底里般抓过何总抱头痛哭　ROCKER摄于11月9日下午12:39

Phurba拉着丹姐的手下冰川陡坡　**ROCKER摄于11月9日下午13:09**

　　这一段比较危险，石头上有积雪，万一打滑就会摔下外侧的深渊。

　　过了冰川后有一段是要沿着半山腰的石头堆走的，然后就是无止尽的下坡。最后在很开阔的平地上一路来到当天的住宿地Dzonglha。

穿上冰爪在冰面上行走，这是一种特殊的行走体验　**ROCKER摄于11月9日下午13:33**

在冰面上拉起横幅宣告京道徒步团队的到来　ROCKER摄于11月9日下午13:28

何红章演绎了一把壮士力托千钧的形象　杨帆摄于11月9日下午13:15

在海拔4860米的Leisyasa眺望海拔6090米的Lobuche East　杨帆摄于11月9日下午14:17

即将到达海拔4830米的住宿地Dzonglha　**杨帆摄于11月9日下午14:56**

　　9日全天一共徒步十多个小时，队员们绝大多数都累坏了。大家傍晚前到达海拔4830米的住宿点Dzonglha。杨哥写道：

　　9日翻越传说中的Cho La垭口，其海拔高度接近5400米，难度远远大于Renjo La垭口，没有一块规整的石阶，有的地方坡陡达70度左右。或许由于2015年地震，山体十分破碎，体力消耗绝不亚于6000米级的启孜峰……

杨哥在翻越Cho La垭口　**ROCKER摄于月11日9下午12:28**

11月10日在队友群里ROCKER发的这张丹姐的照片，将前方队友在路上的艰辛表现得淋漓尽致
ROCKER摄于月日11月9日上午7:30

由于9日住宿地没有信号，所有队友都与后方失联，没有和大部队一起前行的队友，包括所有参与本次3.0活动的后方成员和家人都悬着一颗心，一直在队友群里等待、猜测和相互安慰。

以下是当天晚上在队友群里的部分对话：

江取珍（天高道远第二段行程的队员）21:42：@陆剑锋 还联系不上吗？看了陆老师发的信息，那里的条件比想象的还要差，真有点担心啊。

陆剑锋 21:45：@江取珍 这是个好团队，会互相照应，相信团队的力量！

倪蓓 21:47：前年走新藏线，那条路超级难，团队一直坚持，直到深夜安全到达新疆。

陆剑锋 21:48：没有消息，与大前天一样，估计是没有网络的缘故。应该不会有什么问题，杨哥、何总以及尼泊尔专业团队在，纵然是艰苦一些，但相信他们一定没事。我觉得没消息倒是好事，如果有问题，他们一定会通过一切手段包括卫星通信通知我们的！

江取珍 21:49：@陆剑锋 陆总说得对，那我放心睡觉了。

行走在4800米等高线上，过小河　**杨帆摄于 11月10日上午10:37**

陆剑锋 21:50：大家安心休息吧，说老实话，我昨天晚上的担心（指昨晚对吴哥的救援）要远胜于今晚🤗。

11月10日，团队上午10点多从Dzonglha出发，徒步至海拔4910米的Lobuche住宿。出发时一路朝东，然后转向北走，绕过Lobuche峰东部海拔5110米的斜坡，进入通往珠穆朗玛峰大本营的主路。

这一天的行程安排很轻松，从所住的海拔4830米的Dzonglha出发，全天徒步11公里多，历时近5小时，也没有大的爬升。

团队一直沿着半山腰上的小路走，顺着山棱的弧度延伸出去。旁边的雪山随着队友走的角度不同，不断变幻着山形。大家身体疲惫不堪，但心情十分愉快。

11月10出发仪式，身后海拔6367米的塔布也……**ROCKER摄于11月9日上午10:29**

团队出发后不久，就一直沿着Chola Tsho冰湖前进，湖的颜色是浅浅的灰蓝，湖面非常漂亮。湖边之上就是海拔6367米的塔布切峰，这是一个可以看到喜马拉雅山脉多座雪山的观景点。

美丽的Chola Tsho冰湖　**谢丹摄于11月10日上午11:02**

随后经过Dughla，旁边紧挨着塔布切峰。

队伍很快到达了10日的宿营点Lobuche。

10日下午1:40，何总在群里报告，到达Lobuche，到达海拔5050米的住宿点8000INN。直到这时，大家才把心放下来。

8000INN，又叫金字塔宾馆，这里本身就是科考站，1990

塔布切峰和冰湖
谢丹摄于11月
10日上午11:48

经过Dughla   **ROCKER摄于11月10日下午12:11**

年由意大利人建立，有实验室、动力室、控制室等。这里采用了世界一流技术，能实时监控附近的地理数据，也能同步获取其他监测站的数据。因意大利政府近年停止资助，所以用宾馆的经营收入补贴。

何总在群里报告了最新的决策：

大部队准备12日早上从大本营全部直升机撤离，提前两天结束大环线行程。大家放心，安全第一！一部分向导和队员出现感冒咳嗽，体力极度透支，但大家一定坚持到大本营和昆布冰川！！！

11月6日翻越Renjo La垭口种下的因，从7日第一位队友孟爱国出现感冒咳嗽开始，短短三天，迅速显现出它凶险的果：到10日，咳嗽已经迅速蔓延到全队一大半队友，有丰富高山攀登经验的杨哥和ROCKER都开始咳个不停。

向导Phurba在9日早上出发时咳嗽就已经十分厉害，但他还是坚持带队出发，以致病情迅速加重。

在结束第二段不丹的行程回到加德满都后，没有参加徒步的队友也因为传染和攀登虎穴寺受寒而纷纷开始咳嗽，而参加徒步的队友尽管吃了不少消炎药，还是咳嗽不止，甚至更加剧烈。给我们提供徒步高山协作的Climbalaya公司合伙人之一Dawa半开玩笑半当真地对何总说：

这可是恐怖（昆布）冰川咳，至少得一个月才会好。

当时听了这话，大家都不相信，以为只是一句玩笑话。但等到差不多一个月后，陆老师在队友群里询问大家，才发现Dawa所说不假。不管是参加还是没有参加徒步，所有队员在回家后，咳嗽最短的持续一周，最长的持续了一个月以上。

11月21日，陆老师在离开加德满都的前一天在日记里这样写道：

此刻，千年老冰带给我们的"昆布（恐怖）咳"已经日日夜夜持续了将近两周。Dawa说，这咳嗽会持续一个月以上……去年此时，我在徽州一个小山坡摔断了六根肋骨，此时，"恐怖咳"使得断骨处疼痛不止。有人说：我喜欢自己身体里破碎的声音和愈合的过程——那些悲喜交替，那些交替的过程里新生的秘密。感恩这疼痛，让我知道自己还活得很有感觉……

回上海后，陆老师到医院检查，才发现因为咳嗽，右胸第二根肋骨再一次骨折了，并因为持续咳嗽引发了肺部感染。上网查询才发现，世界上还真有"恐怖（昆布）冰川咳"这一说。国际组织"野外医疗协会"会员、美国医生鲁安妮·弗里尔（Luanne Freer）于2003年在昆布地区海拔5400米的山腰上创办了珠穆朗玛峰探险大本营诊所，她这样描述昆布咳：

许多登山者在攀登或徒步在所谓的珠穆朗玛峰死亡地带时，稀薄的氧气会让人体无法维持呼吸。最常见的是一种叫作"昆布咳"的疾病，这种咳嗽是因干燥、寒冷的空气刺激肺部引起的。它会引发剧烈的咳嗽，甚至折断肋骨，成为令很多试图登上珠穆朗玛峰的人望而却步的原因。

一般来说，专业登山者们都非常适应这里的环境，他们也都知道怎样避免高原病，这是一种在到达海拔高的地方后马上会引发的疾病。但很多想要游览珠穆朗玛峰的普通徒步旅行者不知道这些。

在一年中的旅游季，会有多达上万人步行到珠峰大本营，面对巍峨的山峰，声称他们到过这里。

通常，这些徒步者会为了证明自己而忽视了高原病的早期征兆——头疼、食欲不振，或者为了证明自己的勇气而隐瞒病情。而他们这样做，往往会危及自己的生命。高原病最简单的治疗方法就是马上下山，让人体慢慢适应新的环境。

在我们团队出发前夕，10月4日晚，就有一名来自台湾的男子于EBC徒步过程中，在昆布地区的一家民宿中被发现因高原病去世。至此2018年已有两名中国人在EBC徒步时不幸因严重的高山病死亡。

进入空气稀薄地带，没有绝对的安全。大部分时候，高山活动都可能是一个死亡游戏，活着下山就是最大的幸运。因此，陆老师、杨哥和陆剑峰在策划实施整个EBC活动过程中，始终把安全作为首要的目标，多次向何总建言：只要大家全体安全下山，就是这次活动的最大成功。

尽管如此，事后检讨起来，我们还是没有能够更强制地对队友的装备提出更细致完整的要求。仅就咳嗽来说，尽管由各种因素造成，但是如果从预防上来讲，应该要求所有徒步队友一定为自己准备专业的Polartec抓绒或美利奴羊毛的围脖，而不是单薄的魔术头巾。

不过，无论是Mingma、杨哥、ROCKER，还是其他有丰富高山攀登经验的朋友，后来说起对吴哥的救援和最终提早两天结束徒步下撤的决定，都对活动策划组织团队和京道基金董事长何红章表示钦佩：这是一个明智而又果断的决策！

陆一老师在自己的日记中这样写道：

大智知止，这无论在高山活动中还是在企业经营中，甚而在人生的任何境况下，都是自律、理智和勇气的表现。

此时，说到向导Phurba病情加重，已经护送吴哥下山的陆一老师这样描述自己的感受：EBC之行给我最大的收获除了无数美景外，还有一颗感恩的心。并且在队员群里这么向后方队友介绍这位一路陪伴大家的夏尔巴向导：

最让我们感激的是那些向导，白天在路上前后照应，自己除了行李，还有沉重的高压氧气瓶，有时还要帮我们老弱队员背我们身上的小包。到点我们休息吃饭，他们帮我们分配好房间，帮我们把背夫堆在门口的驼包一一拎进房间，然后帮我们点菜、上菜、撤盘子。直到我们吃完后为我们上完茶，他们才能安静下来自己吃饭。而他们的住宿、饮食都和我们无法比。昨晚（11月8日），为照顾吴大大，向导Phurba给他吸了氧气后陪着他睡，只要吴大大一翻身、一起夜，他都醒来照顾。而他今天出发时，咳嗽比我们还严重，但他还是随队出发了。到加德满都见到Mingma时，我对他说：你小舅子Phurba今天咳得厉害。他说，这是他们的工作，应该这么做的。还有数次登顶珠峰的Dawa Tenzing，今天没有随大部队六点出发，他协调接吴大大和我下撤的直升机落地，长跑将近一千米，来回把我们的行李放上直升机，再把吴大大搀扶登机。然后，他还要在大部队出发两小时之后出发，赶上大部队，并完成今天的向导任务。每每看到、想到这些，我的情绪都几近崩溃，因对他们心存感激而号啕大哭。在这样一个世界边缘的极限地区，他们赤裸裸展现的心灵极限边缘是那样地温暖，是他们帮助我们实现了自己的愿望，而我们确实应该心存感恩之念。

在队友群里，大家也被这份专业、敬业所感动：

陆剑锋 21:14：包括Mingma、Dawa在内，所有尼泊尔保障服务人员的敬业精神、业务能力、吃苦耐劳精神实在令人钦佩！这一点我虽未身临其境却深有体会。

陆一 21:15：对，从第一天在拉萨见面开始，到现在，对他们真的深深地心怀感恩。

队友罗芳钧的夫人李东虹 21:22：@陆一 @陆剑锋 听着你们的描述都感谢感恩，有这么温暖的团队。

吴柏赓 21:25：是的，只有遇到困难时，才真正感受到敬业精神和对需要帮助的人那么无私的付出。我每一次想轻手轻脚地出门上厕所，他都被我惊醒，真的很感动。

吴柏赓 21:25：尼泊尔的这个团队真的非常非常棒。

陆剑锋 21:27：拿今天的直升机安排来讲，昨天晚上很晚才联系的Mingma和Dawa，今天早上9点不到，Mingma就坐着直升机到达指定地点了，执行力强大无比！

吴柏赓 21:28：纠正一下，不到8点就到了。

11月10日11:51，远在厦门的京道基金总裁张屹磊第一次在群里发声，询问：还是一直没有消息?@陆剑锋

陆剑锋12:07：仍然没有信息，估计今天晚上才会有消息。

陆一12:32：今天是前往Lobuche，路程不长，Lobuche是EBC主路，应该有信号，他们会第一时间发出信息的。

陆一12:38：他们昨天到达的Dzonglha，尽管是偏僻小村，但Mingma还是有办法让直升机上去接应的，他们也应该有其他联系方式，有经验丰富的三个向导，有杨哥在，大家再耐心等待几个小时，会有消息过来。

李东虹12:42：好的，有经验丰富的保障团队，有坚定的信念，相信他们。

终于到了13:41，何红章在群里发声：给大家报平安！

群里所有队友、家人，整整两天悬在半空的那颗心，终于放下了……

到达珠峰大本营

我曾见的生命，都是行过，无所谓完成。

——木心

11月11日，一清早6点半，平常除了发照片以外不怎么在队友群里吱声的ROCKER突然在群里发了一条信息：

大家早，向导Phurba身体情况恶化，已呼叫直升机准备下撤到加德满都。

队伍中几天来快速弥漫开的感冒咳嗽症状，在第四天已扩散到全体队友。向导Phurba因为几天来严重的咳嗽和呼吸不畅，加上体力透支，昨天晚上就开始吸氧。其实按照Phurba的病情，两天前就应该下撤的。但他不顾自己病情发展，努力坚持到最后。今天早上发现他已经咳出血丝，吸氧也无法帮助他继续前行，只得紧急呼叫直升机下撤。

这突发情况引发了山下队友一阵紧张：

陆剑锋06:35：@ROCKER（摄影师）我们队员情况如何？

倪蓓06:35：@ROCKER（摄影师）其他队员情况可好？

陆剑锋06:40：杨哥杨哥，大家的身体状况能支持今天的行程吗？

江取珍06:41：安全第一啊！

随即ROCKER回复：其他队员好，都有些咳嗽。

陆一在群里说：Phurba在吴哥下撤那天情况就很糟糕，他能坚持到现在非常不容易了。为他祈福，感恩他为整个团队和我们每一个人所做的一切。

同时陆老师请山上队友转告：采取一切减轻队友负担的做法，把安全系数放到最大，在五千米高度，容不得半点差池。如果需要，尽量请临时背夫帮助大家背小包，并随身协助，空身走加上随身有人协助，安全系数会增加很多。

同时陆老师在队友群里告诉即将启程前来加德满都参加不丹

行程的后续队友：多带一些阿奇霉素和头孢，我下山时已经把身边的消炎药都留给继续前行的队友们了，现在不但在山下的吴哥和我身边基本没有消炎药可用，山上队友也有相当部分出现咳嗽症状，他们下来也应该需要。

将近10点钟，Mingma在微信上告诉陆老师，Phurba已经

11月10日下午，因为Phurba剧烈咳嗽并吐出血丝，Dawa Tenzing开始给他吸氧　**Mingma提供**

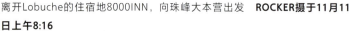

离开Lobuche的住宿地8000INN，向珠峰大本营出发　**ROCKER摄于11月11日上午8:16**

到达卢卡拉，生命安全。并传来他的照片。

不久，陆老师在群里告诉大家：刚刚和Phurba联系上，他还在卢卡拉，喉咙全哑了，在等直升机下撤加德满都。就这样，他还在关心吴哥怎么样了😭😭😭。我告诉他我们一切都好。

后来得知，Phurba到加德满都后直接送进了医院，被诊断为急性肺水肿。

就这样，一个悲壮的开头，拉开了2018年11月11日行程的序幕。

今天EBC徒步团队将从海拔4910米的Lobuche出发，前往今晚的宿营地：海拔5140米的Gorak Shep。到达宿营地后，将前往这次徒步活动的终点——珠峰大本营。

上午8点全队出发，行走五公里，将近11点，何总在群里报告，已经到达Gorak Shep。

杨健在11月11日中午到达Gorak Shep后决定止步，他很遗

沿着Lobuche冰川和昆布冰川交汇的山谷前行　**ROCKER摄于11月11日上午8:55**

翻越海拔5110米的
Lobuche垭口见到昆
布冰川，可以看到
EBC主路上徒步者络
绎不绝　**杨帆摄于11
月11日上午10:08**

如果不说，谁会知道在这张图里有珠峰？杨帆摄于11月11日上午10:53

Gorak Shep住宿地，背后就是漂亮的努子峰山脊，杨哥遗憾地告诉何总自己止步的决定
杨帆摄于11月11日下午12:06

憾地在微信里告诉陆老师：

糟糕的是最终没扛过流感，一人感冒全队中奖。还以为能扛过这劫，不幸还是成为最后一个中奖者。昨晚咳了一夜，我的肺和声带感觉要爆了。我知道感冒厉害，但又不能躲。前晚把我房间的被子给何总铺上，结果那地儿极冷，加上扛了几天再加疲劳，还是扛不过病毒。我不去大本营了，担心的是再往高处走别变成了肺水肿，争取把今晚扛过。好在还是到了Gorak Shep。

和杨哥从8月起共同策划组织这场活动的陆一，得知这个结果也非常遗憾，只能在微信中对杨哥这么说：

所以在高海拔地区，自律和团队意识绝对重要，所有的事情都不仅仅是个人的事情，严重时会影响到整个团队成员的生命。诸多山难和高山危险，都是极小的问题引发的大灾难。有登山前辈说，只有到极高海拔才能清晰地看出人性中赤裸裸的底线。有没有团队意识是登山和高海拔徒步成功的关键。

留在Gorak Shep的杨哥，有了时间整理自己的感受，他在微信里写道：

如果途中仅仅观风景，那途中的美景只算看见了一半。除了美景我更喜欢观察途中的人与事、体验文化的差异并审视我们的

在Gorak Shep遇到的外国老太太　**杨健摄**

文化……中外文化的差异不是说说这厉害、那厉害了就真以为自己不得了啦。

　　在去往Gorak Shep的路上，尽管不好意思老是将镜头对准老人，但看看途中的外国大爷大妈脸颊上岁月留下的皱纹，就知道他们大概有多老——大爷起码过70，大妈也有60多。这或许就是文化差异，这或许就是他们生活中最愉快的一部分，着实让人敬佩。

在前往大本营途中碰到的欧美老者　**ROCKER摄**

这是一对来自法国的老夫妻　杨健摄

　　这是一对来自法国的老夫妻，先生年逾70，老太太67岁，当我不好意思地将镜头对准他们，老太给了我善意的微笑，我知道这是允许我按快门的意思。后来我给他们看照片，老太一声"哇"，并招呼正与他们的向导讨论行程的先生来看我相机里的照片。接下来和他们简单地对话，当知道他们的年龄、没亲属陪伴来徒步时，我感动地给老太太一个拥抱，旁边的先生指着老太对我说："Hi, she is my wife!"然后我们仨哈哈大笑……

　　第二天一大早在餐厅又见到这对法国老人，微笑致意，我把剩下的几包咖啡送给让我钦佩的这法国老两口，老人一阵惊讶和激动。两位老人跟我们一样走极具挑战的路线，祝他们好运……

　　这也许就是中外文化的差异，这一路上，很少看到中国人的徒步团队在走超级大环线，也基本上看不到和我们差不多年龄的中国人走在徒步路上，更别说和他们差不多年龄的了……

通往EBC的路标　杨帆摄于月日下午12:12

前往大本营前的合影
ROCKER摄于11月11日
下午12:34

经过短暂休息和午饭后，团队在下午再度出发，前往此次徒步的终极目标——EBC（海拔5364米的珠峰大本营）。

何总在群里留言：前线京道徒步团队，一定发挥"天高道远"的精神，坚持到大本营和昆布冰川，为3.0活动成员及家人、为所有关心关爱我们的朋友、为京道祈福！

前往EBC的转弯处标记，背后是7165米的普莫里峰　ROCKER摄于11月11日下午13:12

在这里看过去，珠峰只在西肩（West Shield）和努子峰副峰之间露出一角峰顶，而完整露出山形的是章子峰。自左至右：昆布切（Khumbutse，6665m）、章子峰（7553m）、西肩（约7300m）、珠峰（8848m）、努子西（7732m）　**ROCKER摄**
于11月11日下午13:46

　　前往EBC的道路，沿途都是走在昆布冰川的碎石路上，在EBC是看不见珠峰的，挡在它前面的是努子峰及其卫峰，但千沟百壑的昆布冰川就在眼前。

　　这段路前面是爬乱石坡，后面会有下一段滑坡路，要快速通行。接着就走上昆布冰川了，可以看见路边深不可测的冰裂缝，路上大部分冰被碎石和细沙覆盖，但也有亮冰，极其危险。

在昆布冰川前往大本营的下坡路上，大部队止步于此。回到加德满都，在总结会上队友罗芳钧谈到了自己最后在昆布冰川前止步的思想挣扎：

最后一天到昆布冰川，那条道没说有垭口，看着是比较平缓的上坡。我心想，反正两个超级垭口都已经翻过了，应该不太难。结果那天上上下下好几回，走到最后，昆布冰川就在前面。在下坡的路口，我看到何董、ROCKER和Dawa Chhiri正在往下走。这时我听到戚老师说，何董虽然已经很累，但是作为京道基金的带头人他一定会走到最终目标，所以他也决定陪何总走下去。这个时候我大概拖后了二三十步，当我走到坡口那边的时候，看到何总他们已经下去了，我就坐在那里犹豫，思想斗争了十分钟以上。现在想想，到达大本营可能来回也就再走一千米，尽管我很想把它走完，更想在何董面前表现一下，也很想不要让何董失望。但那个时候真的是精疲力竭，觉得能够少走一点是一点。因为虽然来回一千米，但是上下大概还是有50米的海拔。想到回头还得爬上来这50米，我就在那里犹豫了半天，还是决定止步、往回走。走了没多久看到孟爱国、胡惠鹏，他们在我后面，和我一样决定止步不再往前走。这时我心里头才好过一点，不然都不好意思。

珠峰大本营就是一片黄色和橙色的帐篷，每年登山季里面

干疮百孔的昆布冰川，大部队止步于此。远处是昆布切、章子峰　ROCKER摄于下午13:14

作为京道基金的带头人，按照他的个性，何红章一定会走到最后，哪怕只剩下他一个人　　ROCKER摄于11月11日下午14:49

最后，只剩下戚玉文与何红章向最终的目标走去 ROCKER摄于11月11日下午14:19

情不自禁地在海拔5364米的EBC飞跃一下　ROCKER摄于11月11日下午14:56

戚玉文找到了中国国旗　ROCKER摄于11月11日下午14:39

大本营所在的经幡、冰塔林，远处是章子峰（7553m）和西肩（约7300m）　ROCKER摄于11月11日下午14:40

珠峰脚下的冰塔林，恍
如寺庙前的灵塔，为众
生祈福 *ROCKER摄于*
11月11日下午14:58

都汇集了无数登山者和科学家。而大本营的外侧，就是臭名昭著
的昆布冰川了，它是从南侧攀登珠峰的必经之路，无数人丧命于
昆布冰川的冰缝里。但是站在大本营，几乎完全看不到珠峰的身
影，完全被西肩所遮蔽了。

今天团队前后翻越了海拔5100—5200米共5个坡口，终于在
当地下午3点左右赶到珠峰大本营。现在不是登山季，大本营空无
一人，但神山依旧在，冰川仍横亘。

何红章在微信中说：努力总有结果！结果多好，在于各自的
造化了！🙏🙏🌞🌞🌹🌹

陆一随即评论：把内心修成什么样，就会拥有什么样的人
生。EBC就是一个内心修行的道场，在5000+的海拔和世界极限的
边缘，我们在探索自然和体力的极限边缘的同时，也自觉不自觉
地展现着心灵修行的极限边缘。🙏

对戚玉文来说，这是完
美的一跃 *ROCKER摄*
于11月11日下午14:56

由于高反、感冒、咳嗽和体力不支，最终到达EBC大本营和珠峰山脚下的队员只有何红章、戚玉文、ROCKER，以及向导Dawa Chhiri　**ROCKER摄于11月11日下午14:53**

　　11月11日当天晚上，ROCKER在队友群里发出了这张京道基金·天高道远3.0团队活动到达终点拉起横幅的合影之后，陆老师随手写下了这样一段文字：

　　不管最后这条横幅后面站着的是几个人，这一刻，不仅仅是哪个个人目标的到达，而是整个天高道远EBC徒步团队对EBC这个终极目标的到达……我们无论身在哪里，我们的心和神当时都在那里！We are a team!

　　但是陆老师没有马上把这段文字在微信里发出，他在等，他想等队友们对这张照片的回应。但是，一直等到第二天将近中午，也没有队友在自己的朋友圈里发这张照片作为这场集体活动的结束标志。直到这时，陆老师才不无遗憾地在自己的朋友圈里单独发了这张照片，并配发了以上这段文字。

Gorak Shep小村　谢丹摄于11月11日上午11:00

确实，一项团队活动，是以团队的目标为最高宗旨，而不应该仅仅以参与者个人的目的为终极追求；视团队的成功为成功，这绝不是个人的成功可以替代的。从这个角度来讲，其实每个队友都应该以这张照片为自己的荣光，而不管自己是否最终到达了EBC这个点。这是一个团队取得了EBC超级大环线徒步活动成功的标志，包括后方的队友和家人都可以分享这样的集体荣誉。

在大本营停留并合影留念后，当晚，徒步团队返回海拔5140米的Gorak Shep住宿。

至此，EBC大环线徒步圆满完成。经过十二天艰苦卓绝的徒步过程，全体队友深深感到，EBC不仅仅是徒步者的天堂，更是外观景、内观心的圣地。绝美的冰川雪山风景和令人惊叹的人文景观，给每一个参与者带来身体的自虐和心灵的超度……所有的一切，都源自你对她的向往和激情。没有执着的心，你就永远踏不上这条修行之路。这也就是EBC同时被释义为Eternal（永恒）、Beloved（钟爱）、Classical（经典）之缘由！

返回途中拍到的Kala Pather和EBC的分界标志　**ROCKER摄于11月11日下午16:37**

"以后什么也不考虑了！" 来自谢丹的手机　**摄于11月11日下午13:41**

　　2018年11月11日，从大本营回到住宿地，何红章在转发当天公众号的活动文章时，加了一句爽辣的评语：太不容易，不过值得一辈子走一遭！！！引得队友们全体共鸣：

　　江取珍17:31：照片👀到其他的徒步者，还真不少人去啊😁

　　何红章17:32：常规EBC难度不大。

　　何红章17:32：京道3.0大环线EBC难度太大了，再给一个垭口，部队肯定全部倒下。

　　江取珍17:33：那以后可以考虑常规EBC。

　　谢丹17:35：@江取珍 以后什么也不考虑了！

当天深夜，何总躲在方寸斗室写下了自己对这十几天徒步过程的感想——《龙腾九天》：

打记事以来，差不多四五十年了吧，还没有过10天不洗澡的记忆！

铺好睡袋，冰凉的双脚要伸进零度以下的被窝，穿好羽绒马甲，双手伸进两个口袋以求保暖！

房间的内部，长度低于1.8米，宽度低于1.5米，房间的面积小于我平时对3平方米床的基本要求。

然而，冰冷、狭小的空间不能禁锢我的思想像野马一样脱缰奔驰！邋遢的外表更能显露出对EVEREST（英语"神圣少女峰"、尼语"萨嘎玛塔"、中文"珠峰"）膜拜的纯净和忠诚！

京道基金•天高道远3.0"尼泊尔EBC大环线徒步"历时12天，徒步130公里，翻越尼泊尔喜马拉雅横切三个垭口中的两个难度最高的垭口：Renjo La垭口和Cho La垭口，垭口海拔高度均在5350米之上，徒步垂直升高在1000米左右，许多地方要手脚并用才能攀爬上75度斜度的"路"！完成了看似不能完成的挑战！

3个向导、5个背夫、11位队员，团结友爱，在克服所有的困难后，11日下午亲临昆布（恐怖）冰川，在珠峰南侧大本营拉起"队旗横幅"，虽然只有3位队员拉起偌长的横幅，但"京道基金•天高道远，NAMASTE EBC"的声音已响彻珠峰圣神之地！一路上，京道徒步团队损兵折将，3个向导中提前撤离1位，京道

Gorak Shep的宿舍钥匙　**何红章摄**

Gorak Shep不到4平方
米的斗室　何红章摄

基金资深队员吴大大因急性高反提前撤离，陆一老师同时陪同撤离，其他队员不同程度地感冒、发烧、咳嗽，让前进的路实在变得困难，今天下午徒步到大本营的5个5200至5300米的垭口让大部队止步！为了更好、更安全地把3.0活动举办下去，事实上，我们提前两天结束了大环线徒步的计划！但已经收获满满、感恩多多！

看到珠峰及周围的亿年神山、万年冰川，人的个体渺小感和生命的短暂感油然而生。我们在大自然面前，有啥资格表现自己的伟大和聪慧，有啥资格耍弄权柄以展现所谓的管理技巧，有啥资格夸大困难、推脱自身的责任，有啥资格计较社会、家庭赋予个体的不足……

京道基金·天高道远3.0活动临近上半场成功画圈之际，我发了几张照片给恩师领导，他鼓励我"浴火重生，破茧成蝶，龙腾九天"，红章我感同身受！我也希望我们的队友、公司同仁、家人、朋友也去感受一下，人生的真正意义到底在哪？这种探索对

面对亿年神山、万年冰川，人的个体渺小感和生命的短暂感油然而生　**杨帆摄**

人生价值和幸福度提升或许有着真谛式的启发！

极度透支的身体，在双脚轮回的虔诚朝拜中，在几乎一步一喘气、十步一歇脚的折磨中，体验着人生的真理！个体是独立的，谁不欠谁！团队是同道者，是要相互帮忙的，谁都需要温情！相对伟大的自然而言，我们得给子孙留得多些，京道基金活动团队成员没有沿路留下点滴垃圾！队员中的爱国和玉文给我的印象深刻，一路上碰到再大的困难是先自己克服；京道董事胡总虽然是上海男人，但没有上海男人的点滴柔气；唯一的女队员丹姐（路上爱称）虽然"骂我"，但相当地了不起，我相信她是这一路上收获最大的队员。他们几位将离开继续修行的大部队，我在此祝福他们，同道大爱就在您的身边！

京道基金·天高道远3.0的活动必将载入史册，她将是前五期活动中难度最高的。我双手合十，希望虐天虐地的活动能让我们

好在，我们胜利了！　**杨帆摄**

下撤直升机降落，
装载队友们的行李
**杨健摄于11月12
日上午7:39**

的人生更加精彩！龙腾九天！

当晚，全队唯一一个女队友谢丹，在坚持走到最后一天之后在自己的微信朋友圈里发表了这几天的感受：

昨晚入住营地，海拔5030米，这些天都在爬5300的垭口，住4800的营地，终于有一次不用下撤这么多，意味着今天登珠峰大本营只有300多米的上升，姐就要完成夙愿了。我快坚持不住了。😭

珠峰：你来了？

我：是的，我的神。我历尽千辛，现正匍匐在您的脚底。可是，神啊！您为什么还是那么遥不可及？

珠峰：你，自私、虚伪的女人！只是把对我的每一步企及，作为向他人炫耀的资本！

我：……

发这个只是想告诉大家，我此行目的地是珠峰大本营，而非珠峰顶。作为一个年近半百的女人，我既无强悍的身体素质，亦无雄厚的经济实力去问鼎了。我们这次的EBC徒步，已经超出了常规的环线和难度。好在，我们胜利了！

再给大家赘述一下这一路生活条件的艰辛：每一个徒步者营地的生活物资都靠直升机运输，只能解决温饱问题。吃的方面：每天都是鸡蛋、麦片、炒面、咖啡，还有就是奶粉冲的牛奶了，天天如此；住的方面：每人大概三平米的木板笼子，左右房客的

第一组队友起飞　**杨健**
摄于11月12日上午7:41

磨牙声、咳嗽声、喘气声、放屁声都清晰可闻。

所以那些想我带吃的、带纪念品的，实在令我欲哭无泪。我已经连续三天每顿只吃一个鸡蛋一碗麦片了，这也是为了维持体能。

此刻，我是脸上敷着几层防晒霜躺在被子里刷微信。为什么？零下十几度，水管冻死了。

第二天，11月12日，天高道远3.0EBC徒步团队从早上六点开始，陆续坐直升机下撤，到下午两点左右，全体队友都安全下撤至加德满都。

因为EBC下面的住宿地Gorak Shep海拔超过5100米，空气

离开卢卡拉机场转送加德满都　**杨帆摄于11月12日下午12:30**

在卢卡拉等待中转的队友们　**杨帆摄于11月12日上午8:43**

稀薄，直升机一次只能先带三人飞Pheriche，然后卸下行李装备再飞回Gorak Shep带上另一组队友返回Pheriche；大家再登机飞卢卡拉，接着换乘稍大的直升机，差不多四个小时才能逐渐下降4000多米的高度，回到加德满都。

队中唯一女队员谢丹，下山后直接在机场转机飞回国内。在她回到家后，就开始高烧、咳嗽，直奔医院。

今晚，另有孟爱国、戚玉文两位队友离队返回国内。

前方队友们不断在微信里报告着下撤的进展：

谢丹：任务完成，大家身心疲惫（这几天全体成员感冒，无一人漏网，咳嗽声此起彼伏），等待直升机撤离。从7点开撤Gorak Shep，预计到9点全部撤至Pheriche。11人需6架次撤完，每架次需20分钟。然后从Pheriche至卢卡拉预计9点半撤完，卢卡拉至加德满都预计10点开始、11点撤完。我是从加德满都直飞成都。

杨健：从EBC下的Gorak Shep下撤，因海拔高空气稀薄，直升机辗转回加德满都，今晚可以好好醉氧睡一觉。✌

最后一个下撤的Dawa Chhiri到达加德满都机场
杨帆摄于11月12日下午13:21

　　11月12日，已在加德满都的陆老师得知向导Phurba昨天早晨被紧急救援下撤后，因急性肺水肿住进了医院，所以在下午和吴哥特地抽空与Mingma一起前往郊外的Grande国际医院，探望为大家服务了十多天最后自己被累垮的Phurba。

　　在医院，吴哥反复感谢Phurba一路上对自己的照应，说：如果没有你，那我的老命很有可能出问题咧。陆老师对Phurba说：吴哥和我下撤那天，你的情况就很不好。Phurba说：那时已经感觉自己出问题了，但不敢离开，怕两个Dawa都不会说中文，沟通不畅，给大家带来麻烦。后来到Lobuche实在不行了，幸亏

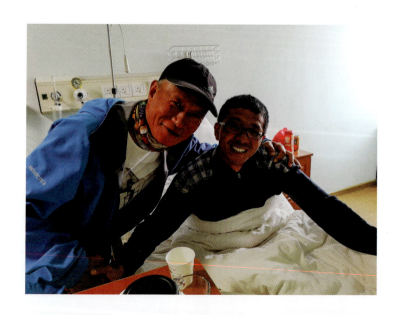

11月12日全体徒步队员下山后，与参加不丹行程的队友倪蓓、蒋艺、李东虹、刘义新，以及高山协作公司
Mingma、Dawa，向导Dawa Tenzing聚餐合影 **杨帆摄**

Dawa Tenzing给我吸氧，不然等不到第二天直升机上来生命就会有危险，因为已经开始咳血丝了。

说到动情处，陆老师、吴哥和Phurba都泪流满面、抱头痛哭。陆老师和吴哥转达了何总对Phurba的感谢，向Mingma表示了对他们团队专业周到服务的敬意，并祝愿Phurba早日康复，争取从不丹回来后大家相聚。

之后两天，天高道远团队在加德满都休整。参加第二段不丹行程的队友黄宇新、陈铮、彭飞、叶振旺、刘义新、倪蓓、蒋艺、江取珍等陆续到达。

京道基金·天高道远3.0活动将进入第二阶段，前往幸福国度不丹，寻找净化心灵的源头。

下 篇

佛国问禅

诸神寺庙

相遇在雪山佛国，阅尽诸神……

——佚名

佛缘之路，修行在心……

在喜马拉雅山以南 ，有这样一个神秘而隽美的高山国度——尼泊尔。

在那里，有温暖舒适的充裕阳光，高耸入云的洁白雪山，永生不灭的佛门之光，安静修谧的神龛庙宇，还有拥有神奇能量的瑜伽行者—— 旅人，在那里，你也许会在哪个夜晚失去了自己……

天高道远3.0活动前后23天，以尼泊尔为整个活动的起讫点，以加德满都为EBC徒步和不丹禅修两段行程的中转站。

坐落在喜马拉雅山南坡谷地，加德满都不仅是尼泊尔首都和最大城市，还被称为"寺庙之城（City of Temples）"。这是一座拥有近1300年历史的古老城市，建城于723年。它以精美的建筑艺术、木石雕刻而成为尼泊尔古代文化的象征。尼泊尔历代王朝在这里修建了数目众多的宫殿、庙宇、宝塔、殿堂和寺院等建筑，在面积不到七平方公里的市中心有佛塔、庙宇250多座，全市有大小寺庙2700多座，真可谓"五步一庙、十步一庵"。

雪山佛国，阅尽诸神　**杨健摄**

加德满都谷地文化遗产囊括七处，除了加都、帕坦和巴德岗三个古城杜巴广场外，还有斯瓦扬布纳特寺（Swayambhunath，又称猴庙）、博达哈大佛塔（Boudhanath）、昌古纳拉扬寺（Changu Narayan），以及印度教最重要的寺庙之一帕斯帕提那寺（Pashupatinath）。

天高道远3.0团队的队友在加德满都期间，分别参拜了其中的大部分寺庙。

斯瓦扬布纳特寺

又称四眼天神庙，是尼泊尔的佛教寺庙，亦称斯瓦扬布佛塔，位于首都加德满都郊外斯瓦扬布山顶，建于公元前三世纪，是亚洲最古老的佛教圣迹之一。

斯瓦扬布纳特寺也被称为"猴庙" **陆一摄**

这是"智慧的眼睛"，能够看到世间一切，象征着佛眼法力无边　**陆一摄**

　　主建筑是一座巨型的舍利塔，塔身为圆锥形，底座为四方
形，底座四面绘有眼睛的图案，这是"智慧的眼睛"，能够看到
世间一切，象征着佛眼法力无边，能看见加德满都的每个角落。
佛塔由圆锥形13层相轮组成，表面镶镀着铜片和金箔。塔顶是结
构复杂的华盖，华盖之上高竖着镏金宝瓶；塔冠嵌有一颗巨大的
宝石。在主塔的四周，还分布着一些小型的舍利塔和转经筒。

转佛塔　**吴柏赓摄**

　　2015年4月25日，斯瓦扬布纳特寺在地震中受损，周围副墙倒塌。

　　斯瓦扬布纳特寺的主体建筑佛塔造型奇特，具纯白色的塔基，金黄色的塔身，高耸的华盖与宝顶，在阳光照耀下交相生辉。主体塔高四五十米，下部宏大庄重的塔基为一巨大的粉刷白色半球实体，据说是佛教丰富的象征，代表创造生命的子宫。塔基四面都有三重檐的金门金顶佛龛，内供着五方如来。第二层是一截镀金的方形砌石建筑，四面各绘着一双巨眼，称为慧眼，象征佛陀无上智慧，无所不见；每对慧眼之下还有一个红色问号形的尼泊尔数字"1"，代表佛的鼻子，象征大千世界的和谐归一。第三层是层层递减的13个铜制镀金圆盘，叠成圆锥形，四面饰以佛像和图案。第四层是象征日、月二光的两层圆轮。第五层塔顶承托着一个结构繁复的巨型华盖，用厚木做底，上覆盖铜质板瓦，板瓦之间又用铜脊瓦接缝，四周悬绕数十挂铜质透雕华幔，每挂下又悬着一口小铜钟，清风吹来发出阵阵清脆悦耳的声音。

华盖顶上又竖起高达数米的铜质镏金宝顶，称为塔刹，顶端东部是一个硕大的青铜金刚杵，饰以藏族生肖的图案，犹如王冠上镶嵌的金顶一般闪闪发光。这种在尼泊尔叫作"柴特亚"式的佛塔，被誉为尼泊尔佛教金塔建筑的杰出典范。

基座第一层的圆形象征"地"；第二层为方形，象征"风"；第三层是三角形，象征"水"；第四层是伞形，象征"火"；第五层的螺旋形象征"生"。

斯瓦扬布纳特寺前有许愿池，池内撒满了钱币。寺庙旁有一座文殊菩萨庙。斯瓦扬布山脚绕山一周砌有围墙，均嵌有转经轮。山下四周遍布藏传佛教寺院和佛塔，上山的路上遍布佛像、佛塔、玛尼石堆、飘扬的经幡。佛塔周围，还密布着许多大大小小的庙宇、经塔、神像和经轮。

佛院东北角是金顶二重檐的哈里蒂庙，哈里蒂被看成斯瓦扬市佛塔的护法神。哈里蒂庙右侧是建于18世纪的不丹式喇嘛寺，寺内供有东、南、西、北、中五佛贴金像，燃有长明灯。

佛院东面有两座高耸的锡卡拉式印度教塔式建筑，叫阿难陀普尔寺和普拉塔普尔寺，建于300多年前。两座寺庙外刻有金刚乘的四尊守护神像，其面相分别为乌鸦、夜莺、狗和猪。

佛院北面是一座20世纪50年代新建的喇嘛庙，庙内大殿里供有高约7米的释迦牟尼金身塑像。佛院的西面一块岩石上有一双深约1寸的脚印，传说那是文殊菩萨从石山走过而留下的。

斯瓦扬布纳特寺已有2000年以上的历史，是世界最古老的佛教寺庙。传说佛祖释迦牟尼曾到此讲佛，并收了1500弟子。此塔历史非常悠久，早于加德满都的历史。传说在佛陀时代即有雏形；也有人说雄才大略的印度阿育王曾来过这里；刻于公元460年的碑文上记载了马纳德瓦一世国王曾修葺此塔；1346年该寺建筑为孟加拉回教军队所毁，后又重建；17世纪中叶，普拉塔布·马拉国王曾增建一些小佛塔，并在东面山坡铺了一条三百级的石路。站在石阶之顶，可以俯瞰加德满都全城风景。

祈愿——陈朝炜、叶振旺　**蒋艺摄**

　　佛塔前巨大的"天鼓"之上置有一件巨大铜质金刚杵，这哑铃状的金刚杵据说是佛祖从雷雨之神因陀罗手中夺来的武器。"天鼓"四周刻有十二生肖的精致浮雕，颇具艺术特色。

　　传说远古时，加德满都是山谷里的一个大湖，原始七佛中的毗婆尸佛，曾在此投下藕根，预言这里将会长出发光的莲花，湖水将变成富饶的土地。后来，湖里果然长出会发光的莲花，因而此地取名为"斯瓦扬布"——自体发光之意。文殊菩萨听见此事，特地从中国五台山赶到此处。一见莲花，立刻感知莲花之所以会发光，是因为花中有一座会自体发出光彩的大梵天佛像，所以取出神剑，将山劈开，让湖水流泄，使湖泊成为富庶的盆地，

祈愿——彭飞、江取珍
蒋艺摄

文殊菩萨得以与大梵天神像相会，同时解决了山谷人民交通往来不便及耕地稀少的问题。文殊菩萨见此地地灵人杰，于是留下长期修行，宣扬佛法。连当时国王尚蒂师利都受其感召，出家皈依佛门，并将熠熠闪光的大梵天神像覆盖起来，在上面修建了斯瓦扬布纳特寺佛塔。

当地人感激他劈山造福人民的恩德，所以在此建造文殊菩萨庙来纪念他。直到现在，每年二月的春王节，许多当地百姓还会满怀着虔诚的心情，来到文殊菩萨庙，敬献香火，顶礼膜拜。现在文殊菩萨庙旁的岩石上，还有当年文殊菩萨留下的足印，供人瞻仰。

此地猴子特别多，据说它们的老祖宗是文殊菩萨头发里的头虱变的，所以此处猴子极为神圣，不但被当地人视为神明，受到

佛塔前巨大的"天鼓"
之上置有一件巨大铜质
金刚杵　陆一摄

此地猴子特别多，据说是文殊菩萨头发里的头虱变的　**ROCKER摄**

庙中僧侣定期供养外，此庙还被特称为"猴庙"。

　　来到猴庙的香客和游人很多，颇为嘈杂；然而，当你在古
建筑群的某个角落坐下来，看着大佛塔塔体上停留着的成群鸽子

这里是一群舍利塔
ROCKER摄

和轻轻飘荡在佛塔、寺庙间薄薄的烟雾，似乎会产生一种时光凝
滞了的"平静感"。也许，千百年来，沧海成桑田，但猴庙那里
却没有发生多大的变化。我们看到，有些人在小山顶的观景平台
上，俯视着不远处加德满都市区密密层层、犹如彩色盒子一样的
房屋而发呆。也许，他们在欣赏着那些彩盒随着阳光西斜、色彩
逐渐发生变幻的同时，也在慢慢地领悟些什么。

博达哈大佛塔

博达哈大佛塔是全世界最大的圆佛塔，主体是白色巨大的

为天下苍生祈愿 **吴柏赓摄**

穹形。博达哈大佛塔是加德满都谷地文化遗产之一，坐落于加德满都谷地深处，是藏文化的缩影，其悠久历史可追溯到14世纪。

　　当地人更喜欢称之为"满愿塔"。这个名字更为准确地诠释了佛塔的意义，至少为大佛塔恰当地平添了那份圆满而美丽的憧憬。

　　尼泊尔有太多让人无法忘记的眼神。它们存在于孩子的好奇、老人的慈祥、信徒的虔诚和人们的乐天知命中。这种感动常常会在旅途之后的记忆里变得更为清晰。就如满愿塔那双芸芸众生之上的佛眼，至今仍闪烁在心底的最深处。或许佛的目光真的可以划定心灵的界线，而必定只有真我才能坦然面对如此深刻的眼神。

　　满愿塔位于加德满都东北约七公里处，车水马龙的街道旁，

祈祷的少女——只有真我才能坦然面对如此深刻的眼神　**杨帆摄**

转塔的僧侣　**蒋艺摄**

一座装饰着鲜丽八吉祥图案的牌楼，便是满愿塔的入口。转动的经轮，飞扬的经幡，深邃的佛眼，阳光下泛起金光的塔身和那群执着的守候者，昭示着这里自古以来就是藏传佛教的重要朝圣地之一。每天有大批的佛教徒和游客来此转塔。

满愿塔有许多不同的名字，加德满都山谷的原住民尼瓦尔人称之为克斯蒂大佛塔(Khasti)，其他常见名字的还有由英文Boudhanath翻译的博塔纳、波达那、宝塔、宝达等等。出自经典的则为"夏绒卡秀佛塔(Jyarung Khasyor Chorten)"。满愿塔之名则出自莲花生大士说："这大塔为如意宝珠，令一切祈求及愿望得以实现。"佛塔跨越亘古流传在世间，是为了让修学佛法者能够观修佛法的心要，开发自性功德中的如来藏性，这也是朝礼佛塔、绕塔最殊胜的功德。

由于坐落在中国西藏与尼泊尔通商的要道上，博达哈佛塔一带成为尼泊尔藏传佛教的重要圣地。该塔环墙外壁有147个凹进去的壁龛，内悬挂经轮和108个打坐的神佛像。信徒祈祷时，必须以顺时针方向绕行，一边拨数念珠或背诵经文，一边转动祈祷轮。前来膜拜的信徒多为尼泊尔、中国西藏、不丹等地的藏传佛教徒。

围绕着满愿塔的街道总是人山人海，特别是早上和傍晚时分，会有好多僧侣和在家修行者围绕着佛塔诵经祈福。真的无法想象那么大的一座舍利塔在当时是如何打造的！古人的智慧真令人赞叹！

在满愿塔第二层的平台上，有两座以大象为坐骑的雕塑。右

边挥舞着剑和盾的为国王，寓意着破除一切障碍。左边的王后手
握象征声音的海螺，寓意守护清净。

满愿塔高38米，传说整座佛塔象征着构成宇宙的五大元素，

满愿塔第二层平台上的左侧雕塑　**蒋艺摄**

佛塔四层的基座代表土，圆形的穹顶代表水，四双佛眼以及13层的塔尖代表火，塔尖之上的圆形华盖代表风，最顶部的小塔尖则代表天。

传说佛塔的另一寓意中，基座象征着冥想，穹顶象征着空无的境界，而佛眼之上的13层塔尖则是通向涅槃的13个阶段。

2015年，尼泊尔大地震导致博达哈大佛塔的主体建筑顶部开裂，副塔坍塌。在世界各地佛教协会、佛教徒的鼎力相助下，历时一年多的时间，博达哈大佛塔圆满修缮完毕。

帕斯帕提那寺

矗立在圣河巴格马蒂（Bagmati River）河畔，有一座始建于1696年的神圣寺庙——帕斯帕提那神庙。它是尼泊尔最著名的湿婆神神庙之一，被联合国教科文组织列入世界遗产名录。相传是为祭祀湿婆神（Shiva）而建，湿婆神是印度教中的毁灭和创造之神，但他平时有各种化身，保护着各种动物和人类，不乏友善的一面。

这座神庙是不允许非印度教教徒进入的，不过随着旅游业的发展和时间的推移，这些曾经很严格的规章似乎也开始慢慢变得宽松。每年到这里来的人，除了一些印度教教徒，还有大量的游客。但是这座神庙的主殿却是非常严格的，非印度教的教徒不得进入。但是一般到这里来的游客，并不是因为好奇这里的主殿，而是好奇庙外巴格马蒂河畔的一个烧尸台。

如今这里是印度教教徒的火葬祭奠之处，他们肉体的最终归宿，因此也被游客们称为"烧尸庙"。

一缕青烟，从河对岸的一处橘黄色的鲜花、金黄色的绸缎、熊熊燃起的大火中飘起。伴着亲人的祝福，梵音缭绕中，灵魂就这样轻松地飘荡到了另外一个世界，天堂！

烈焰燃起，肉身将殆尽，几缕青烟处依稀有灵魂在徘徊……告别这一世的种种，而后随蜿蜒河水流转至恒河，开启又一次的重生之旅……圣河火葬是印度教教徒人生的最后一项圣礼。这里没有坟墓灵位，没有痛苦和哀鸣……超然的心态、简单的仪式、

印度教无数神灵中最可
爱的神：象头神迦尼
萨，世人相信迦尼萨能
带来成功和幸福……
陆一摄

鲜花的祭奠和辛苦的烧尸人就是逝者重生之路的见证。

象头神迦尼萨（Ganesha）是湿婆神与雪山女神帕尔帕蒂
（Parbati）之子。在印度，人们进行任何活动前均先礼拜象头神
迦尼萨，因为他是创生和破除障碍之神，世人相信迦尼萨能带来
成功和幸福……

尼泊尔，百分之八十以上的人信奉印度教，他们认为死并不
意味着生命的终结，而是一种重生。只有圣河火葬可以使灵魂意识
超脱肉体的束缚，脱离现世，从而进入另一个世界。尼泊尔的印度
教教徒认为，不论今生身处何种阶层，都要用更好的表现来迎接下
一世的重生，这种因果轮回的观念也是其面对困境的最大力量。

当天，京道基金董事长何红章写道：

我们不能决定哭着来世，但希望能决定笑着离开……这是我

参透生死，方能行走天地……**陆一摄**

在京道基金天高道远1.0活动中的感言。这次3.0徒步EBC，希望能有所启发、有所得，为一切未来的、已来的、即将去的生灵的轮回之境获得点感悟，力量无穷！

对此，随队作家陆一老师写下了他自己的感悟：

其实轮回不在别处，就在日常的过程中——在天高道远1.0时，就如何对待生死，我曾和队友们分享过自己的感悟：面对无常，只有如常！这句话所要表达的也就是这个含义——轮回代表的不仅仅是生死、不仅仅是前生今世，也是昨天、今天和明天这样的日常重复，在重复过程中的追求。从起点到终点，再从终点回到起点，周而复始——这种重复就是轮回的显现。正因为不希望队友们因为EBC徒步行前参观这样一个地方而产生晦气的感觉，今天从帕斯帕提那神庙回来后所发的朋友圈里，我才会写下这样一句话：内心就是信仰，灵魂就是图腾。参透生死，方能行走天地……

每天巴格马蒂河上都会飘着一股难闻的浓烟味，而到了傍晚的时候，经常会有一群群乌鸦飞过，这种氛围也非常诡异。在巴格马蒂河畔有六座石造的烧尸台，这六座烧尸台还有身份地位等级之分，越靠近神庙的位置身份也就越尊贵。尼泊尔人的火葬仪式非常简单，死者用白布包起，覆上金黄绸缎，撒上鲜花和各种颜色的蒂卡粉，在紧靠河边的平台上由四根原木搭的架子上焚烧，三个小时后灰烬被推到河里，经过熊熊大火的涅槃，圣河河水的漂涤，死者的灵魂最终将汇入印度恒河……意味着他们的灵魂会得到解脱。

我们只能站在巴格马蒂河的东岸高台上看帕斯帕提那神庙。神庙占地260公顷,主体建筑是一个四边对称、双重檐斜坡大屋顶的尼泊尔式塔庙,四周环绕着许多小寺庙。

在河岸边的神龛边,坐着一群苦行僧。"伟大的苦行者修行苦行,赤身裸体坐于雪山之巅和在五十多度的烈日下暴晒,一日仅食一粟,饮水一滴,如此持续六年之久。"这可能是传说,大多数苦行者终年不洗澡也不换衣服,苦行者视自己的身体为罪业的载体,是臭皮囊,必须劳其筋骨、饿其体肤、空乏其身,方能获得精神的自由和生命的解脱。

也许在形式上我们不可能像他们那样把苦行做到极致,但是在精神上,来到自然界的边缘,探求心灵的极限,EBC徒步的意义也在于此……

这座帕斯帕提那神庙,不仅是一座烧尸庙,也是一座祈求佳偶、生育、病愈、平安等的地方。

而这条巴格马蒂河在尼泊尔印度教信徒的眼中就是圣河,就像印度恒河在印度人眼中一样。每到过节的时候,无论是大人还是小孩,都会到这条河里来洗澡,把一年来的罪过清洗掉,这一

河东岸,岸上还有一排湿婆神的林迦(男性生殖器)神龛　陆一摄

吴哥与苦行僧们　**陆一摄**

点也和恒河的作用不谋而合了。

　　但是巴格马蒂河的两岸，却像两个世界一样——一边是生，一边是死，一边是哀，一边是乐。可能没有到过这里的人永远无法想象这边的岸上正在焚尸，而那边的岸上却在野餐约会。很多游客猜测，这可能就是尼泊尔人对于生死的从容，或许这也是当地的宗教给他们带来的最强大的信念。

　　帕斯帕提那神庙前巴格马蒂河桥头供奉的据说是湿婆老婆的化身之一——杜尔迦（Durga）。杜尔迦是印度教中著名的美艳而嗜杀的女神。她是温柔娴淑的帕尔帕蒂的另一面。湿婆的老婆和湿婆一样，具有拯救和毁灭的巨大力量，呈现温柔和恐怖两种面目。有传说杜尔迦就是尼泊尔王室的保护神——库玛丽女神。

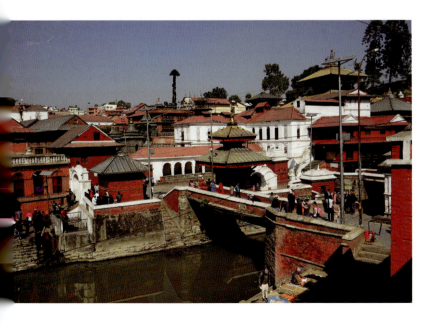

巴格马蒂河桥头
供奉的是杜尔迦
吴柏虔摄

生死河畔参人生　陆一摄

杜巴广场

静静地停下脚步，在杜巴广场等待灵魂赶来……

——陆一

如果哪天尼泊尔消失了，只要杜巴广场还在，就值得你飞过半个地球来看它……

尼泊尔最为世人瞩目的是它的三个杜巴广场，广场及周边建筑以其独特的样式和雕刻闻名于世。这要归功于尼泊尔历史上的两个文化盛世，一个是李查维王朝(Lichhavi Dynasty，4—8世纪)，另一个就是马拉王朝（Malla Dynasty，1201—1769）。但李查维王朝时期的建筑和雕刻艺术杰作现在没有留下什么遗迹。

马拉王朝是尼泊尔艺术、文化发展的鼎盛时期，被称为尼泊尔古典文化的"文艺复兴"。马拉王朝在尼泊尔统治了近600年，在此期间，其文化、建筑、艺术成就一度达到巅峰。

1482年亚克希·马拉国王（Jayayakshya Malla，1428—1482）死后，他的几个儿子在加德满都谷地各据一方，自立为王。从此分裂出坎提普尔(Kantipur，现加德满都)、巴德岗和帕坦三个王国，这个时期被称为马拉王朝的"三国"时期。所谓三国其实就是小小的城邦，三国之间最长距离不到20公里。

三个马拉王国的都城加德满都、帕坦和巴德岗现在分别被喻为"寺庙之城""艺术之城"和"露天博物馆"。这是马拉王朝文化艺术兴盛的历史见证。马拉历代国王都尊崇印度教，相信一切都是神赐予的。三国为了争夺神的宠爱，不断地修建神庙，展开建筑竞赛。

三个马拉王国都出现过热爱艺术、治国有方的国王，他们对本国的王宫和寺庙建设不遗余力，取得了辉煌的成就，创建和繁荣了各具特色的王宫（杜巴）广场。

可以说，加德满都谷地的三大杜巴广场囊括了尼泊尔十六世纪至十九世纪间的纽瓦丽古典寺庙建筑和宫殿，它们现在都是辉煌的世界文化遗产。

神庙与"神兽"（ROCKER） **陆一摄**

当我们队友在三个广场沿着红砖铺就的甬道前行，两边都是古老的建筑。杜巴广场上，鸽子在翻飞，四周红色的神庙和白色的石塔默然矗立，古色古香的味道，异国风情的格调，让人目不暇给……无论是在EBC徒步之前作身心准备，还是即将前往不丹开始禅修之旅，我们都会不约而同地来到杜巴广场，静静地停下脚步等待灵魂赶上我们的身体……

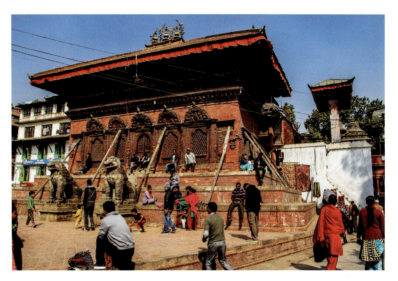

湿婆·帕尔帕蒂神庙　**蒋艺摄**

加德满都杜巴广场

加德满都王国的普拉达普·马拉（Pratap Malla，1624—1674）是加德满都王国的第九位君王。他雄才大略，博学多才，精通诗歌和文学。他也注重宗教，既扶持印度教也扶持佛教，在加德满都市建造了不少庙宇和神像。

被称为尼泊尔建筑艺术博物馆的杜巴广场就是从他开始兴建的，后来的加德满都国王也在杜巴广场兴建了很多神庙，使杜巴广场成为尼泊尔历史建筑最为集中的地区。

加德满都杜巴广场（Kathmandu Durbar Square）是尼泊尔世界文化遗产之一，作为加德满都最有名的广场，也是观赏尼泊尔寺庙建筑的好地方。广场上总共有五十座以上的寺庙和宫殿。

其中特别值得观赏的有哈努曼多卡宫、库玛丽活女神庙、塔莱珠女神庙、湿婆神庙、拜拉弗雕像和独木庙，以及以情爱雕刻闻名的贾格纳神庙和其前面广场上耸立的普拉达普·马拉国王的雕像等。

湿婆·帕尔帕蒂神庙

湿婆·帕尔帕蒂神庙（Shiva-parbati temple）是进入杜巴广场的第一座神庙。它是建筑在三层石阶上的一座木制庙宇，供奉印度教湿婆神和他的妻子，生育、爱和奉献女神——帕尔帕蒂。庙内有两位大神的木制雕像。这里是广场的入口，人气很旺，石阶上坐满了祭拜和休闲的人们。

贾格纳神庙　**陆一摄**

贾格纳神庙

　　贾格纳神庙（Jagannath Temple）是湿婆神的第八个化身，他在世上的功绩甚受尼泊尔人崇拜。这里人气很旺，寺庙台基及周围坐满了休闲的游客、市民以及成群的鸽子。这座神庙建筑上的情爱雕刻远近闻名，导游自豪地介绍比中国的80多种情爱姿势还要多。

　　贾格纳神庙前广场上耸立着十多米高的石柱，石柱顶端是著名的普拉达普·马拉国王的雕像。地震中头像被震裂，掉到地上。

贾格纳神庙前的鸽子　**陆一摄**

贾格纳神庙上的情爱雕塑　**陆一摄**

哈努曼多卡宫已被地震严重破坏　**ROCKER摄**

哈努曼多卡宫

　　哈努曼多卡宫（Hanuman Dhoka）又名老王宫，位于加德满都杜巴广场中，是尼泊尔的故宫，在尼泊尔现存历史遗迹中，规模最大、艺术收藏最丰富。宫内陈列着历代国王的画像及生平介绍。

　　哈努曼多卡意为"猴神门"。在尼泊尔脍炙人口的古代神话故事中，哈努曼是神通广大、扬善除恶的神猴，在这里，人们把猴神哈努曼当作捍卫正义的化身加以崇拜。所以哈努曼多卡宫也被称为猴神门宫。猴神像立于宫门左侧高约2米的石墩上，头上罩着一顶朱红锦缎华盖，脸部终年蒙着一块朱纱。

哈努曼多卡意为"猴神门"，这个神猴据说就是中国《西游记》中孙悟空的历史原型　**蒋艺摄**

中国援助团队在复建哈努曼多卡宫　**陆一摄**

据说，这个神猴就是中国《西游记》中孙悟空的原型。

哈努曼多卡宫最早建于李查维王朝，但当时不是王宫，规模也不大。2015年4月25日下午，哈努曼多卡宫在8.1级地震中部分倒塌，成为危险建筑。现在正由包括中国在内的多国工程队联合进行修复工作。

哈努曼多卡宫戒备森严，神猴雕像旁边的宫廷入口有持枪警卫守护。宫廷内部有许多宫院，如桑德拉庭院（Sundari Chowk）、莫汗庭院（Mohan Chowk）、拿梭宫院（Nasal Chowk）。拿梭

站在庭院中抬头可以看
见九层的巴斯塔普塔
（Basantapur Tower）
陆一摄

拜拉弗雕像 **陆一摄**

宫院是举行国王加冕典礼的地方。

独木庙

独木庙（Kasthamandap），据说是一颗独木修建而成，原是过往香客和路人歇息的公共房舍，后修筑为寺庙。这座寺庙在加德满都的城市历史中扮演了非常重要的角色。2015年一场地震，使其成为一片废墟，目前修复工作正在进行之中。

拜拉弗雕像

拜拉弗大型浮雕（Kal Bhairav）就在贾格纳神庙北侧墙的背面，雕刻年代已无从考证。

这幅表情狰狞的黑拜拉弗神像，头戴宝石和头骨制成的头冠，白色眼珠及犬齿暴突，几只手分别持有宝剑、斧头、盾牌和

独木庙　**ROCKER摄**

头骨，脚底还踩着一具尸体。这座神像代表着湿婆神最恐怖的化身。以前这里是来发誓的地方，因为大多数的尼泊尔人都相信，如果在黑拜拉弗雕像前撒谎，将来一定会遭受到天谴。

巴德岗杜巴广场

巴德岗杜巴广场（Bhaktapur Durbar Square）包括自己的杜巴广场（Durbar Square）、陶马迪广场（Taumadhi Square）、打塔卓雅广场（Tachupal Square）和陶器广场（Pottery Square）四个广场。

巴德岗杜巴广场
蒋艺摄

队友叶振旺在巴德岗广场　**蒋艺摄**

巴德岗杜巴广场

巴德岗杜巴广场是其中最大的广场，四周全是形形色色的寺塔，令人应接不暇。这里有长达500年的马拉王朝的王宫——55窗宫（The Palace of Fifty-five Windows）及其金门（Lu Dhowka, Golden Gate），还包括许多各具艺术特色的宫殿、庭院、寺庙、雕像等，被誉为"中世纪尼泊尔艺术的精华和宝库"。

55窗宫： 即巴德岗的王宫，建于公元1427年。它以金门和王宫正面三层阳台的五十五扇窗户闻名于世。

金门：55窗宫的大门，世界著名黄金大门。门不是很大，但金碧辉煌，门楣及两侧有许多精美的雕刻。

其中大门正中上方是印度教神话中的两个著名人物的雕刻，一个是印度教的破坏女神迦梨（Kali），另一个是迦楼罗或称葛鲁达（Garuda），后者是印度神话中一种金翅神鸟。金门在马拉王朝的兰吉特·马拉国王（Ranjit Malla）时期所建。

55扇窗户位于金门右侧、宫廷三层阳台周围，窗户上面精雕细琢，是尼泊尔木雕艺术的代表。

从金门进入宫殿，有许多宫院，宫院不是很大。其中一个庭院中央有一个供国王洗澡的大型露天浴池：那嘉池（Naga Pokhari）。该池装饰华丽，不仅有众多蛇雕塑，池中还竖起了华丽的蛇柱，池子边缘另有粗大的蛇头像。

55窗宫前面的广场上有国王布帕廷德拉·马拉（Bhupatindra

55窗宫　**蒋艺摄**

金门　**倪蓓摄**

Malla）的立柱像、巴特萨拉女神庙（Batsala Temple）及加德满都最大的铜钟塔莱珠大钟。

马拉国王立柱像： 建于17世纪，双手呈祈祷姿势的马拉国王端坐在石柱上，俯视整个广场。

左起55窗宫、金门、马拉国王立柱像、巴特萨拉女神庙、塔莱珠铜钟　**蒋艺摄**

那嘉池　**蒋艺摄**

那嘉池旁的眼镜蛇雕塑　**蒋艺摄**

马拉国王立柱像　倪蓓摄

巴特萨拉女神庙：是一座石建庙宇，供奉巴特萨拉女神。这座庙宇在2015年的地震中被完全毁坏，现正在重建中。

塔莱珠铜钟：建于1737年，据说是加德满都最大的铜钟。平常用作警钟，每天清晨敲响，祭拜塔莱珠女神。当地居民称为犬吠钟。每当敲响，引来周围一片犬吠。

陶马迪广场

巴德岗杜巴广场中的广场之一，庙宇众多，但在地震中都遭受破坏，已成废墟。

尼亚塔波拉塔（Nyatapola Temple）：加德满都谷地最高的佛塔，共有五级，又被称作五级塔，高约30米，是尼泊尔传统建筑风格代表作之一，也是尼泊尔的旅游标志之一。它是一座供奉吉祥女神（Siddhi Lakshmi）的庙宇。

登塔石阶由下而上排列着五组雕像：当地最强壮的武士（金刚）、大象、狮子、狮身鹫首的怪兽，最后是辛格希尼（Singhini）和巴希尼（Baghini）这两位狮虎女神。据说每层

巴特萨拉女神庙、马拉国王立柱像、塔莱珠铜钟　**倪蓓摄**

尼亚塔波拉塔
来自蒋艺相机

塔基雕像中所刻画的神物都比下一层的力大十倍。游客可以走石阶登上塔顶，俯瞰整个广场。

打塔卓雅广场

打塔卓雅或称塔丘帕广场是尼泊尔第三大城巴克塔普尔（Bhaktapur）的旧城中心，也是巴克塔普尔的发源地。

达塔特拉亚神庙（Dattatraya Temple）：尼泊尔唯一一座供奉三位一体神达塔特拉亚的庙，达塔特拉亚是印度教三大主神——创造神梵天、保护神毗湿奴与破坏神湿婆三神合一之神。

庙宇历史悠久，与55窗宫同一时代，1427年由当时的国王亚克希亚·马拉（King Yakshya Malla）所建。据说整个寺庙由一棵巨树建成。庙前立柱顶端的是神鹰迦楼罗和毗湿奴的传统法器法贝螺、圆盘。它的后面是一座寺院，这里的窗户雕刻非常精美，特别是著名的孔雀窗。

达塔特拉亚神庙
蒋艺摄

陶器广场　**蒋艺摄**

陶器广场

陶器广场是一个古老的广场，也是陶器的露天博物馆和活的遗址。它是当地人制造、加工、晾晒、展示和出售陶器的场所，保留了传统的陶窑和工艺。

帕坦杜巴广场

帕坦杜巴广场历史悠久，在加德满都谷地三国之前，这里已经有塔库里王朝（Thakuri Dynasty）的王宫。在此基础上，帕坦马拉王国历代君主进行了扩建、修整和完善。

现存的建筑基本建于17世纪，即希迪纳拉辛哈·马拉国王（Siddhinarasimha Malla）和他的儿子斯里尼瓦萨·苏里提（Srinivasa Sukriti）统治时期。后来，国王普兰达拉辛哈（Purandarasimha）、斯瓦辛哈·马拉（Sivasimha Malla）和尤加纳兰德拉·马拉（Yognarendra Malla）等也作出了相应的贡献。帕坦杜巴广场中最著名的是建有21个塔尖的黑天神庙，这座庙宇至今仍被视为尼泊尔建筑艺术的典范。

帕坦杜巴广场的格局和加德满都杜巴广场相似，广场呈长方形，规模较小。站在入口，基本可以看到整个广场的布局和全貌。

王宫及其博物馆、塔莱珠女神庙等占据了广场的整个东部。广场西部则以不规则方式密布着造型各异的16座寺庙和院落，7个柱子和露天雕像，其中最为著名的是黑天神庙、黑天寺、哈里桑卡神庙、毗湿奴神庙、毗斯瓦纳特神庙等。金庙在广场的尽头，王宫北侧。

黑天神庙

又名克里希纳庙（Krishna Mandir），位于帕坦杜巴广场西北面。它建于公元1637年，为国王希迪纳拉辛哈·马拉所建。相传帕坦国王梦见克里希纳黑天神，遂在梦中所见之处修建黑天神庙。庙宇建筑采用印度的锡克哈拉风格（Shikhara style），呈尖塔式，顶上是金光闪闪的鎏金塔刹。建筑共5层，除塔顶外，完全用石头建造，无片木寸钉，宛如一件精雕细琢的石雕工艺品，被誉为"尼泊尔建筑艺术的奇迹"。

黑天神庙前方有一根石柱，石柱上方是印度教中金翅神鹰迦楼罗的坐位铜像，面向神庙，常被人误认为是马拉国王的雕像。

其实，广场上的尤加纳兰德拉·马拉国王雕像的立柱与雕像已经在地震中损坏，正在修复。国王的铜像头上有一条眼镜蛇，蛇头上还停着一只小鸟。仔细看二者还是有明显区别的。

2015年一场地震，毁坏了三大杜巴广场马拉国王立柱像中的两座，只有巴德岗的立柱像保持完整。

老王宫

在广场东侧，几乎占据了整个广场的东边。现在王宫区域有两个博物馆：帕坦博物馆&穆尔宫院（Mul Chowk）、桑达里宫院（Sundari Chowk）&建筑艺廊。

王宫内部由三个宫院组成：穆尔宫院、桑达里宫院及凯撒·纳拉杨宫院（Keshav Narayan Chowk）。

帕坦博物馆主要展出精美的印度教神像、佛教佛像以及一些具有历史风味的旧照片、文物和工艺品。它与王宫三个宫院中的凯

帕坦杜巴广场
蒋艺摄

黑天神庙　**陆一摄**

撒·纳拉杨宫院在一个建筑整体中。

　　凯撒·纳拉杨宫院在穆尔宫院的北侧。它以宫院中央的凯撒·纳拉杨庙命名。

　　穆尔宫院是王宫的中心，也是最大的宫院。它曾是王国办公的地方，宫院中心是一座小型比迪亚庙（Bidya Temple）。宫院的周围就是塔莱珠庙。

　　桑达里宫院在王宫的最南侧。宫院的中央有一个精美的国王浴场，也叫"屠沙水池"（Tusha Hiti），是古代雕刻艺术与供排水技术的珍品。

　　在这个宫院的外面还有一个大花园和一个大型水池。

金庙

金庙是一座佛教寺院，坐落在帕坦杜巴广场北面。金庙最早建于12世纪，而现今我们看到的是19世纪的建筑。

这三座杜巴广场都曾受过地震的摧残，但是我们依然能感受到它们蕴含的文化内涵和生生不息的精神。

我们穿梭在宫殿、庙宇和石塔之间，就像穿越了历史，那沉重的历史感和沧桑感油然而生。无论哪个民族、哪种宗教、哪种习俗和传统的渊源，无论它在西方还是东方，无论它弱小还是强

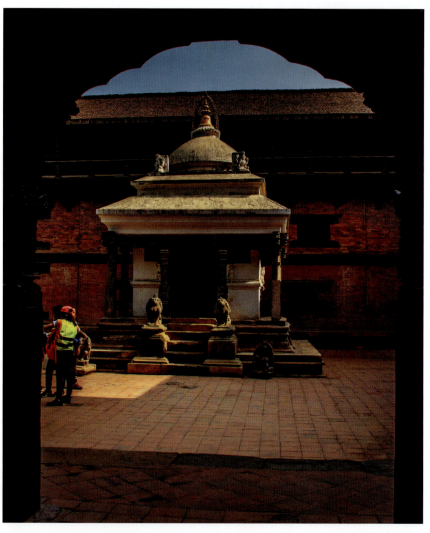

凯撒·纳拉杨宫院　**蒋艺摄**

帕坦杜巴广场右侧就是老王宫　**蒋艺摄**

大，都有着不可磨灭的文明，都是世界文明的一个组成部分，都应该得到人们的尊重和景仰。让我们感慨的是为什么古代能工巧匠能够创造出这么多优秀的世界文化遗产，而我们现在生产的却是冷冰冰的钢筋水泥制品。与之相比，时代是发展了，文化却没有了。在欣赏人类先辈历史文化精粹的同时，是不是也该反思一下，我们该给后代留下点什么。

凯撒·纳拉杨宫院内木柱雕刻极其精美　**蒋艺摄**

建筑艺廊　　陆一摄

王宫二楼的历史藏品陈列　**陆一摄**

　　现代社会更为缺少的是人文和信仰，人文精神是历史的精髓，是时代的骨架，是文化的承载，博大精深的人文才是我们任何一个民族都需要代代传承的至宝。

屠沙水池　**陆一摄**

桑达里宫院　**陆一摄**

金庙 陆一摄

穿越千年的信仰——朝圣

前往蓝毗尼的飞行途中所见的喜马拉雅山脉诸雪峰 　陆一摄

佛缘之路，修行在心……

——陆一

　　尼泊尔是佛教最早的发源地之一，佛教创始人释迦牟尼即诞生于迦毗罗卫的蓝毗尼（Lumpini）。

　　10月28日，京道基金·天高道远EBC徒步团队第一批到达尼泊尔的队友何红章、陆一、杨健、ROCKER一行四人前往尼泊尔南部佛教圣地蓝毗尼，瞻仰佛祖释迦牟尼佛诞生地，为天高道远3.0活动祈福，为EBC徒步求佛祖加持。

　　到蓝毗尼是需要福报的。作家安如意曾这样说过：仓央嘉措情歌里有一句"转山转水转佛塔，只为途中与你相见"。这句话，很多人理解为情语，为此念念不忘，心怀期许，这自然也可以；然而更深地，我们应当了知，在这浪游的尘世，能在有生之年，找到心灵的皈依之所，无论是一地、一人、一事，即是至深福德。

最了不起的外出，不是去北极、南极那样遥远的地方，而是走出自我。正因为此，陆老师在参与策划EBC3.0活动时，极力建议何总在徒步之前，前往佛祖诞生地蓝毗尼朝圣。

佛教在尼泊尔是第二大宗教，但佛教徒人数与第一大宗教印度教教徒人数相差极为悬殊。

梨车毗王朝摩纳提婆统治时期，印度教在尼泊尔得到了发展，摩纳提婆虽然是毗湿奴的一个崇信者，但也尊重佛教，在各地修建了一些佛寺和佛塔。中国高僧法显曾在403年前往迦毗罗卫瞻仰佛祖出生地，并将所见记录在《佛国记》中。法显访尼的同时，尼泊尔的一位僧人佛陀跋陀罗应中国僧人智严的邀请，大约于东晋义熙二年（406年）到达中国长安弘传禅学。他译出《华严经》《摩诃僧祇律》等15部117卷经典。从佛陀跋陀罗的译经中可证当时大乘佛教根本教理之一的菩萨行在尼泊尔已很流行。

尼泊尔佛教在梨车毗王朝盎输伐摩王的支持下取得了显著进展。当时兴建的一些巨大的佛教建筑，曾获得出使尼泊尔的中国使节王玄策的赞赏。盎输伐摩王后来把他的女儿尺尊公主嫁给吐蕃赞普松赞干布。她赴藏时携去释迦牟尼佛八岁等身像和其他佛教文物，从此沟通了从印度经加德满都、拉萨到长安的通道。从这个时候起，藏地就开始了翻译梵文佛经的工作，参与翻译的有尼泊尔的尸罗曼殊、香达等。

在尼泊尔，佛教密宗的广泛传播，和印度以及西藏僧侣的定居、访问有着密切的关系。

13世纪穆斯林侵入孟加拉国和比哈尔，印度著名的超戒寺等遭到破坏。以此为标志，佛教在印度本土暂告绝迹。大批佛教徒携带经卷和文物到尼泊尔和西藏避难。因此，佛教大批典籍和

蓝毗尼园中的长明灯　**陆一摄**

手稿得以保存。大批印度佛教徒的涌入，促进了尼泊尔佛教的繁荣。

四大佛教圣地分别是蓝毗尼（佛祖诞生地）、菩提伽耶（佛祖悟道处）、鹿野苑（法轮初转地）、拘尸那迦（佛祖涅磐地）。四大佛教圣地有三处在印度，佛教是在印度诞生的，却在印度没落了。

蓝毗尼位于尼泊尔西南和印度交界处，在鲁潘德希县境内，距加德满都360公里。

蓝毗尼在梵文中是"可爱"的意思。这里原来是古代天臂国善觉王夫人蓝毗尼的花园，因人而得名。

公元前565年（一说为前623年）的一天，迦毗罗卫国净饭王的玛雅·黛维王后（即摩耶夫人）在回娘家的途中，路过蓝毗尼花园，被花团锦簇的美景所吸引，就住在那里欣赏起来。第二天，正值尼历正月十五，入夜后，圆圆的月亮挂在空中，银辉似的月光洒满了美丽的花园，端庄的黛维王后，沉浸于这良辰美景之中，扶着园中的娑罗双树毫无痛苦地生下了王子悉达多。

乔达摩·悉达多的父亲为净饭王。净饭王对王子十分钟爱，悉达多自幼过着锦衣玉食、无忧无虑的生活。年轻的王子从未见闻过人间的忧虑、烦恼和不幸，也从未思虑过人生有所谓忧患、贫困、生、病、老、死等诸般痛苦。他自幼从未离开富丽堂皇的宫廷，从未走出精美绮丽的御苑；笙歌盈耳，觥筹交错，他只管尽情游戏享乐。在他16岁时，净饭王就替他娶了邻国一位美丽的公主，小夫妻很快生下爱子。

但偶然的出游，让王子初次接触严酷的、惨不忍睹的现实，并深为所动。根据传说，王子一日出游，得遇四种人，因而顿悟。一为奄奄待毙的老人、一为病入膏肓的患者、一为待葬的死者，悉达多到此始知老、病、死为人生所难免；后又遇一贫苦僧人，从这位真正得到灵魂平衡的人那里，年轻的王子懂得了如何从年老、疾病、死亡的苦难中赢得自由，并打定主意脱离家庭生活，刻意修苦行，以求解脱之道。

29岁那年，悉达多弃宫室，离亲眷，暗自出走，落发为僧，摒除欲念，潜心于苦修。他首先师从于印度教数论派先驱阿罗逻迦罗摩与乌陀迦罗摩子学禅定；后又到尼连禅河附近林中独修苦行六年，历尽百般折磨，以求正真道、成正觉。然而，无论净心守戒，抑或刻意自苦，均未能使年轻的苦行者如愿以偿。他终于悟到修苦行并非获致解脱之正道。久经冥思苦想，他终于达到觉悟。他确信：贪恋享乐以及誓修苦行，两者皆非正真道。前者"眼贪色、耳贪声、鼻贪香、舌贪味、身贪细滑，为爱欲所牵，惑于财色、思望安乐"；后者"以羸身而取道""彼诸外道"。正道则为不苦不乐之中道，即静坐默想、思维真谛——循此，则

鹿野苑此两棵菩提树下，佛祖为第一批五位弟子宣经讲法，是谓"初转法轮"。图右为达曼克塔 **陆一摄**

阿育王石柱及其铭文　　**陆一摄**

可臻于"寂灭"。

据传，佛祖最终独自在现今印度的菩提伽耶，静坐菩提树下，豁然"心地光明"，得大觉悟，从此悟道成佛，成为佛陀，即成正觉。

佛祖在菩提伽耶证悟正觉之后，首先来到现今印度的鹿野苑进行他的第一次传教，并在这里为第一批五位弟子宣经讲法，是谓"初转法轮"。佛祖也是从这里开始，住世说法四十五年，讲经三百余会，度化弟子数千人。从那时至今两千多年来，他所倡导的佛教教义已经传遍全球，全世界的佛教徒已经超过5亿人。

由于佛祖是释迦族人，所以他的追随者和信徒都尊称他为"释迦牟尼"，意为"释迦族的圣人"。

公元前245年（一说为前249年），古印度孔雀王朝的阿育王曾来到蓝毗尼，确认这里是佛祖诞生地，并减免蓝毗尼村的赋税，准其仅交纳收入的八分之一。

史上还记载阿育王在佛祖诞生的确切地点上立了一块标志石，还用火烧过的石头做了一个平台，把标志石保护起来，并竖立了一个纪念石柱。阿育王石柱高6米，上面刻着"佛祖诞生之处"的铭文。

中国高僧晋代法显和唐代玄奘分别在公元403年和636年到此瞻礼，在《佛国记》和《大唐西域记》中均有记述。法显是最早来此访问并留有真实记录的外国人，玄奘也记录说曾见过已经

阿育王石柱　**陆一摄**

折断的阿育王石柱。

　　但在15世纪，尼泊尔境内战争四起，蓝毗尼遭到前所未有的
破坏，佛祖诞生地渐没于丛林深处，消失在人们的视野中。

　　岁月悠久，胜迹沦堙。1896年，帕尔巴总督、考古学家安
东·福勒（Anton Fuhrer）凭借法显和玄奘的记述，重新发现了
阿育王石柱，再次证明了玛雅·黛维神庙的神圣性，并根据阿育
王建造的阿育王石柱，确定了蓝毗尼是释迦牟尼佛的诞生地。

　　新的玛雅·黛维神庙于2002年重建，它是蓝毗尼最重要的建
筑，里面是佛祖释迦牟尼出生的地方。这座白色房屋是在古迹原
址上新修建的保护性建筑。里面保留了公元前3—7世纪的圣殿基

玛雅·黛维神庙内部的
佛祖诞生遗址，红布遮
住的地方为佛祖诞生地
所在　**陆一摄**

Marker Stone (Exact Birth Spot of the Buddha)

当年阿育王所
立的标志石
ROCKER摄

石，内有一黑一白两块石雕。白色浮雕讲述的是摩耶夫人生下王子悉达多的场景；另一块黑岩石浮雕则已残缺不全，尚能辨别出摩耶夫人右手攀扶着娑罗双树的枝干，新生的婴儿悉达多正端立在近旁的莲台上。这些无比珍贵的遗迹都被玻璃罩保护起来。

玛雅·黛维神庙的结构遗址存在于公元前6世纪至公元15世纪，由15个方形室（东西5排，南北3排）以及一条被外墙包围的环行通道组成。2010—2013年期间，由蓝毗尼开发信托基金考古部和英国达勒姆大学进行的考古发掘，在神殿旧址下面5米处发现了一个前孔雀王朝的砖结构建筑，每块砖的尺寸为49cm×36cm×7cm、重量为20kg，在这七层砖垒起的结构平台上发现了当年阿育王所立的标志石。

玛雅·黛维神庙的标志石，纪念出生的雕塑与废墟的结构，都和佛祖的诞生相关——标志石为佛祖的诞生地点作出了准确的标记，出生的雕塑再现了王子悉达多诞生的场景。

在释迦牟尼诞生处，两层白色方形的玛雅·黛维神庙旁有一

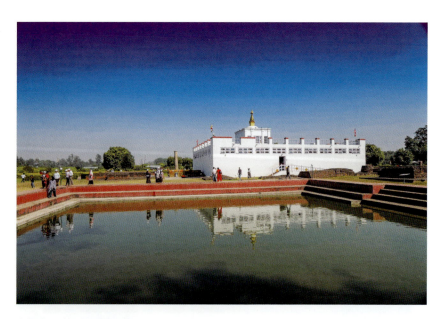

摩耶夫人沐浴处　**陆一摄**

寺庙建筑群遗址　**陆一摄**

泓池水明澈如镜，相传是摩耶夫人沐浴处。原池边的娑罗双树，在玄奘来访时已"枯悴"，现存此树是后人补种的。树身高约十三四米，倒影水中，姿态华敷。

神庙南有新建的佛塔和佛寺，寺内有释迦牟尼的巨大塑像。佛堂墙上绘有反映释迦牟尼生平的壁画。此外，蓝毗尼还建有文物馆、中学、宾馆、马亨德拉国王纪念碑等。

迄今为止，在圣园中的玛雅·黛维神庙的南部和东南部，已经挖掘出两组寺庙建筑。寺庙的建造始于公元前3世纪，一直持续到公元4世纪，贯穿于毛瑞安、贵霜和古普塔时期。重叠和拥挤的结构是人们渴望接近神圣的出生地点的证据。

考古学家T.N.米什拉（T. N. Mishra，1996）、里贾尔（Rijal，1979）、密特拉（Mitra，1962）等描绘了这些寺庙的

娑罗双树

陆一摄

十六座佛塔

陆一摄

详细情况：

　　第一组寺庙群用作住宅（一个庭院，一些供僧侣使用的房间，一个会议厅，两座砖砌的维哈拉塔）。这组寺庙是在公元前2世纪到公元2世纪的巽伽和贵霜王朝时期建造的。

　　第二组寺庙由位于玛雅·黛维神庙东南部的两小组建筑组成，共有31个房间。其最初建于毛瑞安时期（公元前3世纪），在贵霜（公元1—2世纪）和古普塔（公元4世纪）时期重建。属于第1小组（东）的建筑由四个方向的多座起居室、中心的冥想区和西侧的走廊组成，而第2小组（西）由两个储水罐和一个小房间（厨房）组成。

　　十六座佛塔则属于还愿佛塔。佛塔建于古普塔时期（公元7或8世纪）。这组塔由考古学家D.密特拉（D. Mitra）于1957年发现，并于1976—1977年按原型重建（里贾尔，1977）。

　　在蓝毗尼的园子里，竖着一块记载尸罗（五戒）的牌子，上面写着：

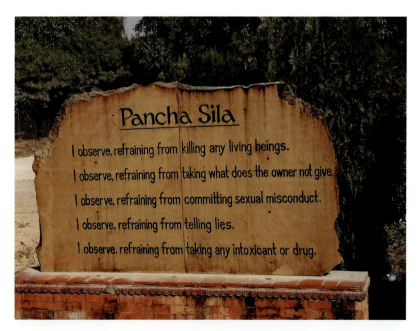

尸罗（五戒）　**陆一摄**

蓝毗尼胜迹园　**ROCKER摄**

　　我戒守，不杀生；我戒守，不贪物；我戒守，不乱性；我戒守，不撒谎；我戒守，不饮酒不吸毒。

　　尸罗戒律的要求不一定使人成为一个佛教徒，但是一个真正的佛教徒，必须遵守此五戒。

　　朝拜佛祖诞生地，队友们感慨万千。队友黄宇新参加第二段不丹行程，但他一到尼泊尔就安排前往蓝毗尼：大一暑假他选修了中国佛学史，第一次知道蓝毗尼。不经意间，他这些年礼拜千年古寺、观瞻佛舍利，如今像一片树叶被吹进这圣地，膜拜这块见证佛祖降临时刻的石头。想来皆有因缘，愿佛光普照，尽管世间种种终必成空……

　　杨健在群里留言：

　　信佛就是相信因果，修佛就是修炼自己内心，心怀慈悲与怜悯与感恩……

　　来到佛教圣地蓝毗尼，佛祖释迦牟尼诞生地，陆老师和何红章在娑罗双树下与前来朝圣的信众们共同趺坐静思：

　　人生就是道场，活着就是一种修行。有佛祖加持，愿EBC的洗礼让自己后半生活出一个新的境界……

　　当整个3.0活动结束，杨健老师在总结会上说了这样一段感人至深的话：

在娑罗双树下为自己祈愿、为亲友祈福、为队友祈望、为天下苍生祈祷。左起陆一、何红章、杨健、ROCKER　**ROCKER自拍**

我们到了蓝毗尼，看到佛祖的一生。他要悟道，就必须远离舒适的生活，苦苦修行，从身体的自虐修炼开始，体会众生的劳苦，发愿普度众生出苦海，这才开始法轮初转和佛教的缘始。那我们的EBC大环线行程设计，就是为了让队友在身体的自虐苦行中得到心灵的洗礼和精神的升华。

说到"道"，这不仅仅是我们徒步中所走的"道"，还是我们心灵中的"道"、哲学中的"道"、人文里的"道"，如果不付出身体的痛苦，哪怕经济和社会地位再高，也不可能自动取得"道"的丰满，悟得"道"的正确。这也许就是我们的活动叫作"天高道远"的真正意义之所在。

有一位西方人类学家说过，我们可能知道自己从哪里来，但我们未必找得到回家的路。要找到回家的路、要找回初心，必定要通过身体的折磨，在这个痛苦修行的过程中，我们大家才能找到来时的路。

何红章和陆一在娑罗双树下趺坐静思
ROCKER摄

Nagarkot

田园牧歌

纳加阔特山顶景观　**ROCKER摄**

> **内心就是信仰，灵魂就是图腾。把内心修成什么样，就会拥有什么样的人生。**
>
> ——佚名

11月14日，从EBC徒步归来的第一批队友和刚刚从国内前来参加第二段行程的队友一起前往尼泊尔赏峰圣地纳加阔特（Nagarkot），计划在山上住一晚，第二天一早就近从纳加阔特前去机场飞往不丹，开始天高道远3.0活动第二阶段的禅修之旅。

纳加阔特位于加德满都东北35公里、巴德岗北面10公里的一个海拔2165米的山顶上。众多游客来这里的唯一目的，就是眺望壮观的喜马拉雅雪山。

加德满都山谷边缘地区以迷人的山区景色而著称。在所有风景名胜中，纳加阔特度假村的景色堪称第一，被称为"喜马拉雅山的观景台"，拥有观赏世界第一高山的最广最美的视角。

喜马拉雅俱乐部大门　**陆一摄**

我们所住酒店的景观房　**蒋艺摄**

　　据说在晴天能见度最佳的日子，可遥望对面的喜马拉雅山脉从安娜普尔纳群峰一直到珠穆朗玛峰一系列东西绵延300多公里的雪山。每年的10、11月是看山的最佳季节，这时的喜马拉雅天高云淡，八座海拔8千米以上的高山和其他二十多座高高低低的雪山一览无余。而冬季云雾较多，经常看不见雪山。实际上，纳加阔特最令人注目之处在于其最接近的蓝塘峰群和跟它东西相连的喜马拉雅山，这足以令原来只是个小山村的纳加阔特成为风光明媚的赏峰圣地。

　　我们的车沿盘山公路一路向上，转头可望到车窗外加都谷地的一派田园风光。体力还未从徒步透支和高反中恢复的吴哥这样写道：

　　我们乘坐的大巴在高低不平和狭小的路面上行驶了整整两个小时，景色迷人也抵消不了胃的翻江倒海，实在没有心情去欣赏如此美景。

　　我们所住的酒店在山顶上，名字叫"喜马拉雅俱乐部"。吴哥这样描写：

　　酒店是纳加阔特乡村中最好的酒店，位置好，房间设施也好，舒适宜居，拥有面对东方的180度大开面。

后方增援的大量
美食　**杨帆摄**

　　由于后方第二批队友体恤EBC徒步队友的辛苦，从上海带来了许多家乡菜肴和食品，这天中午和晚上，我们在酒店的午餐和晚餐就此加了许多可口的菜式。

喜马拉雅俱乐部内景　**陆一摄**

纳加阔特的田园牧歌　**陆一摄**

队友倪蓓后来回忆道：

这家酒店据说是当地最好的一家，不幸的是后到尼泊尔的队友在此酒店几乎全部中招——拉肚子。而已经N久未尝家乡菜的EBC徒步队友则毫不待见本地食物，一入酒店，立马开吃由队友人肉背来的京道大厨为大家特别烹调的地道上海菜：酱牛肉、糖醋小排、酱猪爪黄豆……算是躲过一劫，要知道在EBC徒步的日子中，每天吃个榨菜都是按根数着吃，多苦多难啊！

下午大家在酒店休息，午休后队友们分散在酒店周围和山上

队友江取珍沐浴
在夕阳暖光里
蒋艺摄

漫步游玩。

吴哥约了几个参加第二程的新队友去山腰的村里买水果：

午餐后到日落时分还有3个小时，约几个新来的朋友闲逛于纳加阔特连绵的群山之中……在海拔2000米的高度走上10公里，犹如行走在平地之间，轻松自如，爽快至极。

陆老师和蒋老师外出去山上看梯田，坐在山坡上面，望着远处的房屋、农田和树林，发了好一阵子呆。夕阳下，整个纳加阔特如田园牧歌似的宁静、美丽和优雅，路边两个牧民在休息，他们的马在一边啃着草，在斜射的逆光下，人、马都罩上了一层金色的光边，那种感觉真的是极难找到的……

纳加阔特观赏喜马拉雅山脉的视角非常广阔，广阔到你会怀疑自己是一只鸟。

导游介绍，这里曾是尼泊尔统治者的隐居地，但在20世纪70年代开始转变为最受欢迎的观赏日出及日落的景点。喜马拉雅雪山就像一条玉带横挂在空中，这里正对着喜马拉雅山脉二十多座6000米以上的连绵山丘，包括珠穆朗玛峰、安娜普尔纳山峰、冈底斯圣山等世界著名雪峰。据说在此可以看到十座世界最高山峰中的五座。纳加阔特的休闲程度不比尼泊尔第二大城市、最负盛名的风景地博卡拉逊色。

夕阳下的马，梦幻般的意境　陆一摄

纳加阔特日落晚霞　**ROCKER摄**

　　但对于参加过EBC徒步的队友来讲，任是什么样的山景都已经无味了。只是新加入的队友还是跃跃欲试，希望能在这里看到连绵的雪峰。

　　日落时分，大家来到顶楼平台上等候落日，但暮霭太重，落日远没有想象中那么壮观。吴哥不无调侃地写道：

　　日落有那么一点意思，味道却不如人意……

　　心有不甘的队友们还寄希望于明天一早的日出，相约明天早晨五点起床来顶楼平台等候日出。

　　第二天早上五点多，不少队友冒着只有2度的寒冷，早早起来守在宾馆观景平台上，等日出，看雪山。

纳加阔特落日　**陆一摄**

纳加阔特日出　**陆一摄**

　　楼顶的平台上没有几个人，对面山坡正中间有一座小白塔，矗立在空旷的晨雾中。东方刚刚露出鱼肚白，雪山还隐藏在氤氲的天色中。天气有点凉，身穿冲锋衣还瑟瑟发抖。手拿相机拍了几张照片，不够清晰，但是蓝蓝的天空背景似乎很有新意。在等待中，又有人上来，基本上都是老外，欧美面孔。楼顶沿边是一圈栏杆，紧挨着的砖台被雨水冲刷得很干净，人们坐在上面，面向东方静静地等待，没有人说话，大家神情肃穆，像迎接着东方女神的降临。

　　北面的几座雪山看得比较清楚，东面从卓奥友至珠峰方向则因云层比较厚，看不清楚。其实珠峰离得很远，即使天气好，也难以辨认。

队友们围在露台上，
冒着清晨的寒冷等待
日出　**蒋艺摄**

纳加阔特的日照金山　**陆一摄**

　　天开始发亮，天边的云慢慢变色。在山的那边，太阳姗姗来迟，终于露出脸庞，红彤彤的，先是半圆，后是满圆。最初，四野仍在苍茫之中，雪山并没有如我们期望的红光覆裹，在朝阳的照耀下，远处隐约显现着白色的雪峰。环视山下的谷地，在太阳的光照下，慢慢清晰，袅袅的炊烟冉冉升起，一派山间晨曦的景色。更令人悦目的是，那丛林隐约掩映的各色酒店的楼房，楼顶上站着人，在观赏着日出、雪山和阳光下的山野，那景象就像一幅绝美的油画，镶嵌在大自然的底色中。

纳加阔特的日照金山　**陆一摄**

ROCKER在讲解如何拍摄远山和夕阳　**杨帆摄**

吴哥早晨起床后没有出门，昨晚的日落让他失望，今晨的日出他也不抱多大希望：

5:30起床，推开阳台门就能看日出，洗漱完毕，站在阳台朝着东方行注目礼，一眼不眨。6:00天边红晕一条，然后越来越淡，6:20白茫茫一片，日出与我擦肩而过……

看过日出，下到楼底，酒店四周的景色仍让队友们欲罢不能，阳光打在酒店的楼壁上，呈现着红色；楼前平台上白色的坐椅和近旁的盆花光影纷呈，色彩斑斓。阳光、蓝天、雪山、鲜花组合成纳加阔特清晨华美的一幕，让人迷醉，让人流连。

沐浴在纳加阔特的晨光中，空气如此地清新。背后就是那道如波涛涌浪般的喜马拉雅山，也即"世界的屋脊"。"屋脊"背后就是西藏。"你若安好，便是晴天！"好美丽的词句。愿此刻，天下所有人，都能共享这清晨的美好时光，都能安好久远，扎西德勒！

前往云中的国度

队友陈铮在队旗上签到　**杨帆摄**

聚集了心的洗礼，与神同行······

——陆一

2018年11月15日，参加京道基金·天高道远3.0活动的队员们从加德满都飞往不丹，开启活动第二阶段——在幸福国度的心灵禅修之旅。队友胡惠鹏在机场与大家告别回国。

早晨，在离开纳加阔特前往机场前，参加3.0第二阶段的全体队友举行了签名仪式，并再一次举行了出发仪式。

不丹王国（The Kingdom of Bhutan），在梵语中意为"西藏的边陲"，而在当地语言中叫作"竺域"（或作"朱玉"，Druk Yul），意为神龙之国。

不丹，它可以像任何一个国家，却没有一个国家像它一样······

它的隐世之美，才是它精魂所在：与中国相邻却又未与中国建交；每年限制入境游客仅7500人······但这种种限制，并未让爱它的人望而却步。2008年，明星刘嘉玲和梁朝伟的不丹大婚，使得它一夜之间家喻户晓，并引发了国人对这个国度的无限向往······

所以它也被称为"云中的国度"。

不丹的一切都与信仰密不可分：僧人的诵经声从宗庙中悠扬而出，风将祈福的经幡吹得上下翻飞，却吹不灭屋内长明的酥油灯，转经轮在虔诚信徒的手中滚动不休，信仰就在他们平和的微笑之中……

所以它也被称为世界上最幸福的国家之一，所有人心中的最后一块净土。

但是这也是一个引起诸多争议的话题。

出生在不丹的活佛宗萨钦哲仁波切这样说过：我对"幸福国度"这种描述有所保留，但这对于不丹的旅游倒是一个不错的广告。

"回归公平，寻求一种平衡的幸福。"有人曾这样解析不丹幸福的本质。

美丽聪慧的不丹王太后曾于2011年接受采访时这样说：

在空间和时间的巨大架构里，我们是这么渺小，是短暂的存在。一旦认识到这一点。我们要做的只是在这短暂的时间里，尽自己所能做得最好。可当人们认为他们会长久地活着，自私自利就会导致所有消极的事物不断生长。永远不要失去自己的意念、自己的文化传承。知道你是谁，并继续前进。

对于游历过中国大好山川、游历过世界各地，以及刚刚从拥

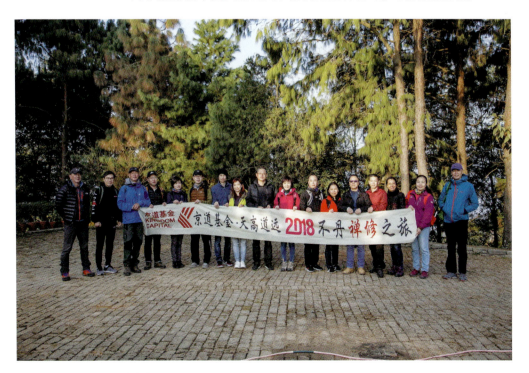

前往不丹的出发仪式　**杨帆摄**

我们乘坐的不丹航空公司空客319落地帕罗国际机场　倪蓓摄

有绝世美景的EBC高山路线上下来的队友来说，自然美景，不丹远不及我国地大物博、山河壮丽；而由于地处深山，资源贫乏，她也没有令人垂涎的美食。

然而，不丹有着人与人之间、人与自然之间、人与动物之间的那份信任、和谐，人们纯朴友善的微笑、顺畅的交通、清新的空气、安全的环境、纯朴的民风、干净的街道……置身不丹，真真切切地令人感到舒心、安全、自然、平和、恬静……令人不期然流连忘返。

或许，这些不能用物质来衡量的事物与感受，是令人感到幸福的原因之一吧。

到达不丹，在机场
受到导游财旺的欢迎　ROCKER摄

Thangthong Gyalpo
铁索桥，以及山顶上
守护着它的Tachog
Lhakhang Dzong神庙
ROCKER摄

但是较了解不丹真实情况并策划了整个不丹行程的倪蓓说：

传说中不丹每年访客限量是不存在的，只是由于不丹国家不大，人口不多，航班也由不丹本国的航空公司垄断，而其运力和接待能力有限，所以不丹从不接受背包客，除了极少数来自印度的自驾者以外，任何访客都必须通过当地的旅行社才能进入，这样对访客的质量以及旅行专业服务，都相应有了些许的保证。

网上传说，帕罗国际机场被称为"世界上最危险的机场"，喜马拉雅山脉的存在让飞机在这里降落成为一项惊心动魄的挑战。根据美国旅游杂志*Travel&Leisure*的资料，全球只有8名飞行员被认可在帕罗机场降落。但是，对于曾乘小飞机在卢卡拉降落的EBC徒步队友来说，空客319在这样正规的机场降落，根本就不是一件值得担心的事。

不丹行程的第一个景点，就是在帕罗国际机场到廷布的路上所能看到的，帕罗河上900多年历史的Thangthong Gyalpo铁索桥，以及山顶上守护着它的Tachog Lhakhang Dzong神庙。

这是不丹的第一座铁索桥，建造这桥的人叫作Thangthong Gyalpo喇嘛，当地人称"铁桥活佛"，是一位精通五明（五明源于古老的象雄雍仲本教，具体是指：工巧明——工艺学、声明——语言学、医方明——医学、外明——天文学和内明——佛学）的菩萨，也是藏戏的创始人。藏族人历来把他看作创造藏戏的戏神和修建桥梁的铁木工匠的"祖师"，藏族人心目中创造、智慧、力量的化身。

Thangthong Gyalpo铁索桥和在山坡上守护它的Tachog
Lhakhang Dzong寺庙　**吴柏庚摄**

14世纪中叶，Thangthong Gyalpo在西藏建造铁桥，当时他建的桥梁可以连接西藏的许多村庄，因其精湛的技艺，帕罗的部落首领邀请他到不丹。

他来到不丹后，开始建造类似的铁索桥，连接一个又一个村庄。他还周游不丹全国寻找制造这些铁链的原材料。据说他在旅行中也传授过佛法。

不丹的历史表明，Thangthong喇嘛实际上在不丹全国修建了58座以上铁桥。然而，到目前为止，只有一两座幸存下来。其中一个就在Tachog Lhakhang。这座桥距离Chuzom约两公里，处于Pachu和廷布的交汇处。

据传说，Thangthong还设计和建造过几座奇特的大型佛塔，包括中国青海的塔尔寺和德格的贡钦寺，甚至有人说泸定的铁索桥也是他建造的。

在设计造桥的过程中，他曾得到过灵感：应该在这铁桥之上的山坡建造一座寺庙。在冥冥中他在现在寺庙的位置看到了一个美丽贤惠的女子，后来他在这里造桥时真的遇上了这个女子。几年后，她给他生了三个儿子。

最后，Thangthong喇嘛的长子Dewa Zangpo实现了父亲的愿望，在这铁桥之上的山坡建造了Tachog Lhakhang寺庙。

Tachog Lhakhang庙　**ROCKER摄**

至今，Dewa Zangpo的后代仍在照料这座寺庙，并在此庆祝一年一度的戒楚节（Tshechu）。

现在老铁桥已经不让通行，队友们从边上一座新造的铁桥过河，沿着小径爬上山，来到Tachog Lhakhang主殿礼佛。

这座寺庙主要供奉的是释迦牟尼佛、莲花生大士、观世音菩萨和夏宗·阿旺朗杰（Shabdrung Ngawang Namgyal，1594—1651）。我们还可以在寺庙的主神殿房间里看到一堆古经书，如《甘珠尔》（Kanjur）和《丹珠尔》（Tanjur）。由于这座寺庙是由Dewa Zangpo建造的，我们也可以看到他的雕像。庙里还有一根Thangthong喇嘛的拐杖。

看管寺庙的Thangthong喇嘛后人告诉大家，Tachog

Thangthong Gyalpo
老铁索桥和它身边
的新桥　**蒋艺摄**

Tachog Lhakhang佛殿前供奉的
酥油灯　**倪蓓摄**

Lhakhang每年的戒楚节会有藏戏——一种独特的戴着面具的舞
蹈表演。

　　到达廷布之后，全体队友在廷布市区的国家纪念碑转塔祈福。

　　这个纪念碑可绝对不同于我们从前见过的任何地方的任何一
种碑，因为它是以藏传佛教的舍利塔的形式来呈现的——白色的
塔身，金色的塔顶，四面有四扇雕梁画栋的大门。

　　这是不丹第二任国王的王后为纪念她的儿子、第三任国王吉
格梅·多吉·旺楚克陛下（1928—1972），在1974年所建，也
是为了祈求世界和平。

不丹国家纪念碑　**杨帆摄**

不丹国家纪念碑和转塔的信众　**吴柏庚摄**

　　这里悬挂着旺楚克国王的遗像，供人们缅怀。这座塔中放置有很多珍贵的经书、唐卡、佛像和金银珠宝。塔内平时并不开放，今天正逢一个大法会，所以转塔的信众络绎不绝。队友们也各自随信众一起转塔，部分队友还到主殿趺坐静思……

　　这里转塔的人极多，大部分并不是游客。藏传佛教里有这样的仪轨，人们认为围绕他们认为神圣的地方（山、湖、寺庙、塔等）诵经行走甚至叩头可以消减自己的罪业并积累福报。

　　在转经道上可以看见各地不少信众在塔的大门前虔诚地顶礼，一次又一次，他们的身影在高大门廊的映衬下显得那么羸弱。他们是来祈求什么的呢？希望这样的朝拜能带给他们足够的慰

队友们也加入转塔的人群中　**蒋艺摄**

他是在祈求什么呢？**蒋艺摄**

藉吧……

11月16日，不丹禅修之旅第二天上午，队友们前往山顶大佛塔参拜。

出门上山，车沿着盘山路一直开向山顶，在近山顶的一处停车场停下。半路上已经可以看见要参观的地方，因为那是一尊非常大的释迦牟尼佛坐像，和海南南山海上观音立像、普陀山南海观音立像差不多规模。佛像前的广场刚刚完工。

这尊佛像由新加坡和中国香港华人捐款，中国公司承建。佛像高51.5米，被认为是世界上第17高的佛像。其采用铜镀金方式建造，总成本超过1亿美元，内部可容纳10万尊8英寸和2.5万尊12英寸的佛像。佛像基座内部是装饰得金碧辉煌的佛堂。我们去时一楼还在施工，二楼已经开放，佛堂内供奉着四面如来，如来四周有八大菩萨护持。队友们也一如往常，趺坐静参。

站在广场边俯瞰整个廷布，那些挤挤挨挨的建筑在河谷里如

佛门　**陆一摄**

河流般延伸了很远很远。自20世纪50年代，不丹国王正式定都廷布后，这里才慢慢发展起来。随着游客的逐年增多，外来文化的进入，这个深山里的佛国正在悄悄地发生着变化。不论怎样，希望他们善良安宁的心灵不会改变。

在四面如来前趺坐静参　**倪蓓摄**

个性化的定制邮票　**陆一摄**

国家邮政局　**ROCKER摄**

队友在邮局用自己定制的邮票寄送明信片给亲友
ROCKER摄

这牌子标明塔金是皇家保护动物　**倪蓓摄**

转佛　陆一摄

　　回到城区，导游带我们到了著名的不丹邮政局。小小的不丹竟然是世界上的"邮票大国"！十几平方米的一间营业室里人头攒动，挤得满满当当。

　　我们预先准备了个人最喜欢的照片交给导游财旺，他昨天就发给了在邮局工作的女朋友，帮我们每个队友特制了个性化小版邮票留作纪念。队友就在邮局用自己的定制邮票发送明信片给亲友。

不丹国兽羚牛，在当地叫塔金　**蒋艺摄**

　　午饭后大家来到动物园，参观不丹的国兽羚牛——当地叫塔金。羚牛非常奇特，长着羊头、牛身、驴尾，已列入世界自然保护联盟（IUCN）2008年濒危物种红色名录。

　　一开始我们只能从坡上远远地看到几只正在林间晒太阳的家伙。

　　但当大队旅行者离开后，只有倪蓓、蒋艺和陆老师拖拉着不想离开，还想着能够近距离观赏一下不丹国兽。功夫不负有缘人，只见那十几只塔金慢慢走向我们，最近的就和我们隔着一层铁丝围栏。憨憨的样子，绝对萌倒众生。

西姆托卡宗　**倪蓓摄**

接着全队前往西姆托卡宗（Simtokha Dzong），这是不丹最古老的寺庙，修建于1626—1627年，距廷布8公里，现在是寺院文书研究院，藏有8位波迪萨塔尔（Badjosattavas）最逼真的肖像以及一些漂亮的壁画和雕刻。不丹有20个行政区划，每个区域都有一座宗堡作为政教中心，简称为宗（Dzong）。

这座最古老的城堡曾是不丹的社会、宗教、教育中心，现在是僧众研究佛教的佛学院。寺内供奉著名的莲花生大士。不丹纸币1努尔特鲁姆的背面显示的就是著名的西姆托卡宗。

不丹纸币1努尔特鲁姆的背面显示的西姆托卡宗　**陆一摄**

西姆托卡宗是不丹最古老的寺庙　**陆一摄**

一朵玫瑰点缀着不
丹最古老的宗堡
蒋艺摄

　　宗堡是不丹独有的建筑形式，17世纪初期由不丹第一位神权领袖夏宗·阿旺朗杰创建，它集政府管理职能和佛教僧众管理职能于一身，一半是办公机构，一半是当地的中心寺庙；这种建筑通常建在河谷入口、两水汇流处、山峰要塞等重要的战略地理位置上，是重要的军事堡垒；它也总是当地规模最大的建筑群，而如此宏大的建筑群却沿袭着古老的传统：不许绘制图纸，整个建

西姆托卡宗，门前
是凡尘、门后是化
外……**蒋艺摄**

廷布的集贸市场都是蔬菜水果　**蒋艺摄**

筑不用一根钉子。平日寺庙部分对外开放，而办公区域是不对游
人开放的。

今天最后的行程是前往廷布市中心的集贸市场和手工艺商品
市场，考察当地民生风情。

11月17日，京道基金·天高道远3.0活动不丹禅修之旅第三
天，在前往不丹旧都普纳卡之前，全队先前往不丹最大的宗——
扎西却宗（Tashichhoe Dzong）。

扎西却宗是集政、教、法于一身的喇嘛教僧院兼城堡建

在国王办公地扎西却宗打卡　**ROCKER摄**

在不丹，男士进宗堡和重要的寺庙都要披上这个披肩，以示尊敬　**倪蓓摄**

作为国王办公所在地，扎西却宗门前广场竖有巨幅国旗，并有卫兵站岗　**陆一摄**

筑，目前是不丹国王主持国会议事的场所，也是国王加冕处（throne）。不丹政教始终和平共存在一个屋檐下，巨大的建筑物中，除了有国王及政府高级官员的办公室外，也是喇嘛们作为研修、居住的寺院。它是不丹政治、宗教重要的活动场所。现在，基堪布喇嘛（即法王）每年都率领中央寺院众喇嘛到扎西却宗度夏。

每当进入寺庙和宗堡，导游财旺就会从车上拿下一大块亚麻白色披巾，像披绶带一样地披在身上，他说这是他们当地的习俗，进宗堡和大的重要寺庙时都要披上这个，以示尊敬。

进入扎西却宗正门，需要登记和过安检，但那里的卫兵们都比较放松，不像我们国家的卫兵那样溜直挺拔威严站立。

扎西却宗广场国旗前的卫兵　**倪蓓摄**

扎西却宗开放的内庭　**陆一摄**

开放参观的这片区域是国师的寺庙。整个建筑的风格和格局与西藏的寺庙非常接近。外墙上的守护神兽通常是老虎、狮子、龙和大鹏鸟，白色与赭红是整个建筑的主色。在不丹，在进入所有寺庙的佛堂之前都要在门口脱鞋、脱帽，佛堂内严禁照相。佛堂内的布局陈设也与我们西藏的寺庙基本一致。供奉的神像也都与西藏寺庙供奉的一样，只是基本每间佛殿都会有一尊以上双运佛造像的塑像或壁画。

资料显示，扎西却宗里最古老的建筑建于13世纪，是当时不丹的宗教之父帕究·杜高·希格兹（Phajo Dugom Shigds）建的一座小寺院，名为东贡庙，Dugom意为青石。1641年，整合这个佛教雷龙派国家，成为第一个神权领袖的阿旺朗杰，加盖后使它成为一座很大的宗式堡垒，并给了它现在的名字。

扎西却宗内庭寺庙　**陆一摄**

全体队友在扎西却宗内庭佛殿门口合影　　**ROCKER摄**

20世纪初的那场大火和地震毁坏了扎西却宗堡的大部分建筑。1961年开始复建，动员了全国两千名男女老幼，仍沿袭传统，没有设计图，不用一根钉，忠实地使原貌重现。

1968年这里成立议事厅，1969年才整建成国会。国会目前有议员150名，任期三年，每年开两次会，遇有国家重大事件以不记名方式投票，少数服从多数。

值得一提的是第四任国王旺楚克。2005年，他提出国家改制："君主制度可能已经不再适合这个国家，现在可能是最佳的立宪时机，让本国拥有一个最能确保未来繁荣安宁的民主政府。"2008年，他将王位传给25岁的儿子，不丹也举行了第一次民主选举，不再奉行世袭君主制。在国民议会选举结束并成立新政府后，国王作为不丹的国家元首，而议会在三分之二以上成员的支持下可以弹劾国王。至此，这个国家结束了无宪法和无政党的历史，并成为一个奉行议会民主制度的国家。旺楚克是一个真正了不起的人物。他创立的"国民幸福总值"也成为不丹模式的重要标志。

佛国旧都

清晨，在酒店阳台所见廷布的秋色　**陆一摄**

> 最远的旅行，是从自己的身体到自己的心，从一个人的心到
> 另一个人的心。
>
> ——宫崎骏

　　2018年11月17日，不丹禅修之旅第三天，团队前往不丹旧都
普纳卡。

　　车子驶出城市就开始在山间穿行。天空湛蓝，山林静谧，路
上风景极美。一个小时不到，我们到达距离廷布三十多公里的多
楚拉垭口（Dochula Pass）。这里是不丹全境观看喜马拉雅雪
山最好的位置，视野十分开阔，极远处的白色山脉绵延无尽地横
贯在整个视线中，大量的云雾在山脊线附近上下涌动，使得喜马

云雾中的凯旋佛塔　**杨帆摄**

拉雅无法现身。

　　这个垭口建造有108座凯旋佛塔，据说2003年曾经发生过一次不丹反击印度东北部族游击营地的战争，国王和王子都参战了。在那场战斗中，不丹人用了一天半时间就捣毁了入侵者14年来建立的30个营地，大获全胜。

多楚拉垭口108座凯旋佛塔，极其壮观　**陆一摄**

多楚拉垭口应该能看见喜马拉雅群峰美丽的景色，可惜被云遮雾绕　**陆一摄**

　　当时的王太后在战前为祈祷国王和士兵安全归来而在以前她修建的佛塔周围又建造了这108座佛塔。这些佛塔被命名为龙王胜利塔。108座新佛塔分三层围绕主塔，第一层45座，第二层36座，第三层27座。108是佛教中的一个吉祥数字，代表转塔一周所祈祷的次数。在这些佛塔的对面山坡上有一座与之呼应的寺庙，也是皇太后所建。

　　山坡被森林树木环绕，到处悬挂彩色经幡。每种颜色代表一种自然力，刻有佛教经文，祈祷迎来和平与繁荣。你会在不丹的城市周边看到很多经幡，它们并不是作为装饰存在的，但确实增添了不丹的自然景观之美。

　　这里有一个游客中心，可供临时休憩之用。圆形的木质结构建筑，大面积的落地窗，中央是粗大的火炉烟囱，带给室内满满

倪蓓在游客中心室外喝茶　**杨帆摄**

有时候环境比
食物更重要
陆一摄

的暖意。坐在窗边喝上一杯咖啡，吃上几片饼干，欣赏着窗外隐约可见的喜马拉雅雪线，真想坐着不走了。羡慕满院子躺在草皮上悠然晒太阳打盹的狗们，可以每天伴着这样的美景度过。

午饭安排在河边野餐，队员们远离城市和公路，静静地享受大自然给予的美好环境。这里没有污染，一切接近原始的状态，虽然简陋，朴实无华，但有时候环境比食物更重要。

继续前行，下午三点时我们到达不丹旧都普纳卡，并来到了号称最美丽的宗堡：普纳卡宗。

这座颇具气势的宗堡就坐落在普纳卡河的上游，位于两条河的交汇处。一条称为父亲河（Po Chu），河水颜色较浅；一条

午饭安排在
河边野餐
陈铮摄

普纳卡宗建于母亲河（左）和父亲河（右）交汇处　**陆一摄**

称为母亲河（Mo Chu），河水颜色较深，据说这两条河曾经是恋人。

不丹人相信，两条河或两条路交会处，即是圣灵集中地。

普纳卡宗是不丹唯一一座全部供奉各类护法神的佛塔，这在世界上也是独一无二的，在塔顶可以俯瞰整个普纳卡谷地的景色。

普纳卡宗是不丹的第二座城堡，直到1950年，这里仍然是国家政府所在地，是公认的全国最美丽的宗堡。

普纳卡宗是统一不丹的夏宗·阿旺朗杰喇嘛在1637年修建的。

1594年，夏宗·阿旺朗杰出生于中国西藏江孜县热龙乡的甲氏家族，顶着活佛的预言，带着护法神的护持，阿旺朗杰几乎是自带光环空降到不丹。

此后，阿旺朗杰用将近30年的时间统一了不丹各个部落和教

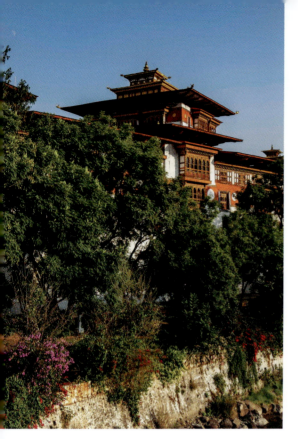

最美丽的宗堡：普
纳卡宗 **陆一摄**

夕阳斜照，皇家旧殿 **陆一摄**

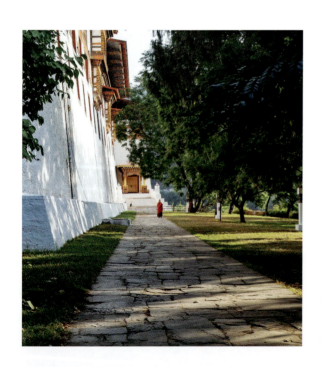

在普纳卡宗，自然
有一种出世的情怀
ROCKER摄

派，他自己则成为不丹宗教和政治的领袖。因此，不丹人民也将他尊奉为国家的缔造者。

　　夏宗·阿旺朗杰就在普纳卡宗里统管全国。1651年，夏宗·阿旺朗杰走进了一座佛塔，宣布从此要进行一次无限期的闭关静修，以这种做法对抗西藏的下一次进攻。在此之前，他任命自己的弟子丹增·竺加尔作为第悉（首领），代替他统治不丹。

普纳卡宗内庭　**陆一摄**

从此之后，阿旺朗杰再也没有出现。当时正是不丹建国初期，政治形势还不稳定，因为怕引起动荡，他的死讯一直被隐瞒，丹增·竺加尔以及继任的第悉们始终宣称阿旺朗杰正在闭关，直到54年以后的1705年，他的死讯才被公之于众。

在古代，普纳卡宗是不丹统治者居住和举行受觐礼的重要场所，现在是基堪布大喇嘛的冬宫。在每年的10月1日至翌年的4月1日（不丹历），基堪布喇嘛都要率领中央寺院众喇嘛从廷布扎西却宗夏宫搬迁到普纳卡宗过冬。所以，这个城堡在不丹的民族事务和宗教事务方面都占有显著的地位。

普纳卡宗门前的廊桥　**ROCKER摄**

据说现任国王的大婚就是在这里举行的　**陆一摄**

　　通过廊桥进入宗堡内，中间高高耸立的正是庄严的佛堂。

　　今天游人不多，我们在院内转了一圈，就沿楼梯进入主楼参观。据说现任国王的大婚就是在这里举行的。以这样一座美丽庄严的建筑承办这样的仪式该是多么隆重的盛会啊。

　　普纳卡宗在历史上也是几经灾难——经历过数十次大火焚烧和冰川融水的淹溺。但每次它都在能工巧匠手中得以修复。依山傍水的独特位置使它显得格外有气魄，站在楼上可以将对面城市一览无余。

　　当晚，导游财旺特地安排我们到普纳卡民居吃晚餐。

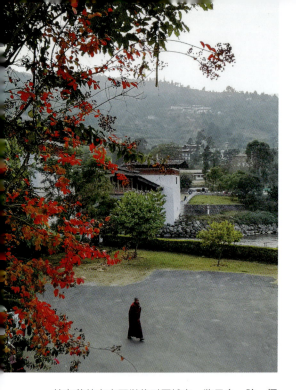

站在普纳卡宗可以将对面城市一览无余　**陆一摄**

当天的晚饭是在普纳卡一户居民家中吃的当地饭菜　**陆一摄**

陆老师开始展示中式刀功　**倪蓓摄**

有170年历史的民居　**倪蓓摄**

民居主人用极具特色的酒壶倒上自酿的青稞酒　**陈铮摄**

策划整个不丹行程的倪蓓说：

不大的不丹，安缦酒店就有五家，酒店的服务几乎做到极致，但是饮食会是一个不小的问题。英国在这里殖民了上百年，不丹饮食也传承了西式风格，可是物资匮乏，肉制品供应量有限，所谓的西餐并不是想象中的豪华大餐，相对于呈现的酒店类别，有时感觉有点不搭，但他们确实是尽力了。

出行前，每一餐吃什么，在哪里吃，旅行社已一一落实，但我们也提了小要求：希望去当地居民家用餐。

为防"意外"，自己大号行李箱的一半被各种农副产品占据，伙伴们的姜母鸭、盐水鸭大显神通，陆老师也开始展示中式刀功，财旺认真观摩。

通过餐间交流得知这个居民家的房屋已有170年历史，吓了我一跳，餐完谢过主人后，赶紧留照一张。

在离开普纳卡之前，导游带我们来到著名的切米拉康
（Chimi Lhakhang），也称为送子庙，为大家家庭幸福、多子
多孙、子嗣繁衍祈福。

切米拉康是不丹的所有寺庙中最不同寻常的一座，这里供奉
的除了释迦牟尼，还有一位特殊的喇嘛——被誉为"癫狂圣贤"

切米拉康在不丹的所有寺
庙中是最不同寻常的一座
陆一摄

切米拉康及边上巨大的菩提树　**蒋艺摄**

的竹巴衮勒（Drukpa Kunley）。

竹巴衮勒(1455—1570)是一个摆脱了偏见的佛教大师，他将藏传佛教传统的真谛人格化，并以"疯狂的智慧"而著名。

信徒们亲切地称竹巴衮勒为"神的疯子"，因为他的教学方式非传统且"反常"。他刻意将自己塑造成一个流浪汉的形象，在乡村游荡，沉迷于歌舞、酗酒、女人、打猎、宴饮。实际上，这意味着他超越了人类社会建立的通常规范和惯例。

竹巴衮勒是一位社会批评家，他嘲讽包括寺院秩序在内的既定规范的虚伪。因此，使用他的阴茎作为"燃烧的霹雳"武器，象征着社会面对真相时所产生的不适。

寺里僧人还特地以木制的生殖器轻轻敲击你的头顶，据说这样能带来好运，且含有祝福一路平安的意思
倪蓓摄

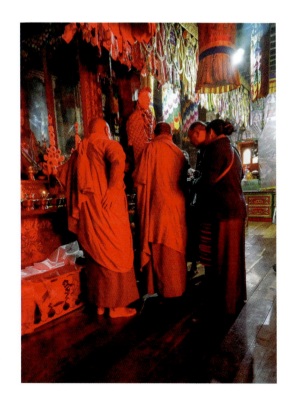

在切米拉康的佛殿上也赫然矗立着巨大的木雕　**陆一摄**

　　竹巴衮勒最出名和最神圣的行为包括驯服一些折磨不丹人民的恶魔。例如，他征服了臭名昭著、令人恐惧的恶魔多楚拉（Dochula），在埋葬多楚拉的地方，他的堂兄加旺乔杰（Lam Ngawang Chorjey）在15世纪末建造了切米拉康。

　　在不丹，男人那玩意儿还可以威吓妖魔鬼怪。如果一个男人在森林里独行感到恐惧的话，只需将裤子脱去，露出玩意儿甩甩，就会吓走树怪林妖。难以置信的是，不丹人的生殖崇拜竟然还可以和严肃的佛教信仰相互结合。一些寺庙的大殿里，除了供奉佛像外，也摆放了与生殖崇拜相关的器物。

队友叶振旺买了一个吉祥物留作纪念　**杨健摄**

　　据向导介绍，这个习俗与我们中国人的门口悬挂照妖镜和八卦镜作用类似，含有驱邪避凶的功能。

　　抛开宗教色彩，不丹还真是一个让人情欲勃发的地方。相传古时不丹人口稀少，生育繁衍并非易事，因此生殖崇拜十分盛行。喇嘛竹巴衮勒当时喝酒食荤，并与女性信徒交欢，成为强盛繁殖力的代表，这也是他"癫狂圣贤"名称的由来。据说这个寺庙求子十分灵验，全世界都有慕名而来的求子者。寺庙里面的喇嘛会用代表竹巴衮勒生殖器的骨雕和木雕器物敲击你的头，这是对朝拜者的一种赐福。在这里学习，喇嘛可以拿到本科学位，所以寺庙里有很多从小就出家的小喇嘛。

切米拉康寺庙里的小喇嘛　**蒋艺摄**

在不丹，男人那玩意儿还可以威吓妖魔鬼怪　**杨帆摄**

不丹的民居墙上绘
有男性生殖器的图
案　**杨帆摄**

　　不丹的民居墙上会绘有十分显眼和夸张的男性生殖器的图
案，因为人们认为那样可以驱除邪魔。不丹人坚信只要把这种
"男根"木雕放在房间的四角就能得到疯癫圣僧竹巴衮勒的庇
护，因为恶魔也对他那强健的生殖器敬畏有加。

　　吴哥这么描述：

　　切米拉康寺庙不大，只有一个院落，一个小佛殿，中间供奉
释迦牟尼，右侧为竹巴衮勒小塑像，裸露下体，我没有找到，但
听说生殖器夸张变形。

　　此地是求子圣地，我们过来只是好奇。很多人脱鞋进殿，我
也脱鞋进殿，但5秒钟后就出来了，坐在庭院外的菩提树下，看着
那些求子心切的男男女女和几个拖家带口的还愿者。听说真有多
年无子的信徒在此地得喇嘛赐福后，回去即有身孕。

这里有许多求子
心切的男男女女
和拖家带口的还
愿者　**蒋艺摄**

殊胜的佛缘

帕罗河谷　**陆一摄**

  我们应当了知，在这浪游的尘世，能在有生之年，找到心灵的皈依之所，无论是一地、一人、一事，即是至深福德。

——作家 安意如

  2018年11月18日，不丹禅修之旅第四天，团队从普纳卡前往不丹第二大城市帕罗。

  下午，团队来到帕罗，首先参拜不丹最美丽的宗庙——帕罗宗（Paro Rinpung Dzong）。

  帕罗宗是不丹最为知名的寺庙，坐拥帕罗峡谷的迷人景致，由统一不丹的夏宗·阿旺朗杰于1644年建造，现在是政府办公场所、帕罗法院及宗教协会所在地。

  帕罗宗坚实的宗墙抵御了数百年来地震的肆虐和外敌入侵，却在一百年前的一场大火中遭到毁灭性的破坏，经过很长时间才得以修复。

  意大利著名导演贝托鲁奇（Bernardo Bertolucci）执导的电影《小活佛》，就是在帕罗宗取景。帕罗宗堡内仍居住着约200名僧侣。寺院东南角的礼堂是他们每日用斋饭的地方。盛大的帕罗戒楚节每年春天在这里举行，吸引了成千上万的当地居民和游客前往，场面相当热烈。

帕罗宗里的小喇嘛也喜欢打球　**陆一摄**

帕罗宗　**陆一摄**

帕罗宗意为"一堆珍宝上的城堡" **陆一摄**

静谧的帕罗宗内庭 **陆一摄**

宗堡一侧的小树林　**陆一摄**

曾经的瞭望堡垒如今周围满是转经筒　**杨帆摄**

不丹的民族歌舞表演，几近于藏戏　**陆一摄**

队友们在射箭、投掷飞镖　**杨帆摄**

一群小僧侣刚刚下课，从殿内走出　**陆一摄**

宛若从旧时光的唐卡里走来 **杨帆摄**

　　2008年，刘嘉玲、梁朝伟的婚礼将不丹这个域外小国推到了众人面前，不丹旅游一发不可收拾地火爆起来，他们下榻的Uma Paro Bhutan酒店和举行婚礼的场所都成为被热捧的地方。网上流传甚广的他们俩在婚礼期间和一群僧人在一座寺庙门口的合影，就是在帕罗宗拍摄的。

　　在帕罗宗里漫步，试图搜寻明星们大婚的痕迹，当然并无所获。这座古老的建筑几百年来伫立在此，迎来送往多少大情小事，它只默默地作着岁月的见证。

　　宗堡的一侧有一小片树林，深秋的落叶密密地铺了黄黄的一地，一条碎石板铺就的小路一直伸到廊桥。

　　晚饭前，经旅游接待公司安排，队友们换上不丹民族服装，体验了射箭、飞镖等民族活动，并欣赏了民族歌舞表演。

队友倪蓓　**杨帆摄**

队友陆一、蒋艺夫妇　**杨帆摄**

队友罗芳钧、李东虹
夫妇　**蒋艺摄**

队友陈朝炜　**杨帆摄**

队友江取珍　**杨帆摄**

队友黄宇新、陈铮夫妇　**蒋艺摄**

Uma Paro Bhutan酒店中庭，据说当年某明星婚礼交换戒指就在这里举行　**陆一摄**

　　今晚，部分队友入住Uma Paro Bhutan酒店。Uma Paro坐拥得天独厚的地理位置，位于帕罗山谷，拥有不丹最具特色的私人别墅，是一处宁静私密的度假之所。度假酒店拥有 29 间客房、套房及别墅，临近多座不丹著名的文化地标。此外，这里还设有备受王室青睐的餐厅——Bukhari 餐厅。

Uma Paro的庭院　**蒋艺摄**

Uma Paro的别墅，当年某明星在这里的婚房就是这种隐蔽在树林中的独立别墅 **蒋艺摄**

　　第二天晚上，Uma酒店为一对神秘的客人办了一桌双人露天烛光晚餐……突然感觉酒店对特殊客人确实很用心。

Uma Paro酒店中庭的双人露天烛光晚餐
蒋艺摄

高山半腰的虎穴寺　**陆一摄**

2018年11月19日，不丹禅修之旅第五天，今天的主要行程就是世界十大寺庙之一的虎穴寺（Tiger's Nest Temple）。其实虎穴寺只是它的俗称，它的正式名称叫作Taktsang Palphug Monastery。

莲花生大士手中的
念珠散落化成寺前
石壁上飞身而下的
一条瀑布　**陆一摄**

据古代经书记载，八世纪时虎穴寺这个地方因邪魔妖类作祟，伤害当地众生，于是莲花生大士以其神力，骑在一只雌虎背上从西藏而来，降临虎穴（Taktsang）悬崖边，并在此处的一个洞穴内禅修三个月，降服了占据山头的山神鬼怪，还命它们发誓不得再次作祟。至此，虎穴成为佛教的圣地。同时，莲花生大士也在不丹人迹罕至处或隐秘的圣地埋下了伏魔教法与珍贵法宝，加持整个大地山河。海拔3180米的虎穴，因此而闻名。

据传莲花生大士手中的念珠散落化成寺前石壁上飞身而下的一条瀑布，日夜不停奔流着，仿佛吟诵着祈福的佛经。瀑布下，进山门前的桥上挂满了经幡。

参加EBC徒步的队友在Thamo接受的Mingma妈妈祝福的哈达，十多天来一直都挂在背包上，一路为大家护佑平安。来到这里，大家纷纷解下哈达，挂在经幡上，敬献给神庙大德，心中默默许愿：敬请莲花生大士，赐福给Mingma妈妈、赐福给所有夏尔巴兄弟、赐福给我们的队友和家人，保佑大家身体健康、心灵安宁……

莲花生大士，梵文 Padmasambhava，梵语音译为巴特玛萨木巴瓦，古印度僧人。

莲花生本身是化身，并无父母，以阿弥陀佛为法身、观世音菩萨为报身，是阿弥陀佛、观世音菩萨、释迦牟尼佛身口意的三密之金刚化身，使命是普度众生、弘扬金刚乘教义。据说，莲花生大士因出生于湖中莲花之上故而得名。莲花生是密宗大师和"降魔"能手，以"神通"和"咒术"名闻一时。

将在Thamo接受Mingma妈妈祝福的哈达挂在经幡上，敬献给神庙大德　**蒋艺摄**

瀑布下，进山门前的桥上挂满了经幡　**陆一摄**

祈福　**陆一摄**

　　相传莲花生大士为了普度众生，具有八大变相，此又称莲师八变：海生金刚、忿怒金刚、释迦狮子、爱慧莲师、班玛托创匝、莲花王、日光莲师、狮吼莲师。

　　如果远远地看虎穴寺所在的山头，可以发现，它就是一个愤怒金刚法相，而虎穴寺就是他鼻子上、紧蹙着眉心中的第三只眼。

　　公元八世纪，莲花生入藏建立了藏地佛教基石而广受爱戴，被尊奉为藏密的开基祖师，宁玛派的传承祖师。由于藏王赤松德赞的崇拜和扶持，莲花生得以大力弘传密法，与另一位印度大师寂护共同创建了西藏第一座佛教寺院桑耶寺。桑耶寺至今有1200多年历史，堪称西藏寺院的鼻祖。桑耶寺建成后，西藏才有了历史上的第一批出家人。莲花生培养僧才，大成就者包括当时藏王君臣二十五人。他还把一些重要的显密经典译为了藏文，是把佛、

虎穴寺所在的山头就是
莲花生大士怒目金刚的
法相　**陆一摄**

西藏第一座佛教寺院桑耶寺　**陆一摄**

法、僧完整的闻、思、修体系在西藏建立起来的最重要导师。

在不丹人的心中，莲花生大士同样被视为第二佛，也是释迦牟尼佛的化现，代表着十方三世一切诸佛。莲花生大士应迹不丹的很多地方，屡施神通，使原本信奉原始苯教的不丹人慢慢信仰佛教，不丹才逐步成为佛教国家。凡是莲花生大士应迹过的地方，都会成为不丹人朝拜的圣地，至今不变。

所以虎穴寺是不丹的国寺，也是不丹的地标式建筑，享有盛名。虎穴寺完全依山而建，因没有进行大规模的平整工作，因此有些曲折迂回。这座建筑犹如山西的悬空寺一般建在陡崖峭壁之上，设计奇妙，极其险峻，与地心引力的自然力量抗衡，抵达方式只有徒步，让人赞叹不已。

虎穴寺建于1692年，1996年一场因酥油灯引发的大火几乎烧毁寺庙大部分结构。1998年，不丹重修虎穴寺，经过艰苦重建，2005年虎穴寺重新开光，又屹立在悬崖边上，烧焦的珍贵老

我们的队伍里增加了两位来自法国的朝圣者　**杨帆摄**

队友在徒步上山路途中　**杨帆摄**

造像的遗存，已经放进了新造的佛殿内。据重造者讲，在90年后这座寺庙的建造工程才有望完全竣工，使它得以以雄伟亮丽的样貌重新面世。

虎穴寺里有多座佛堂，包括当年莲花生大士修行的山洞，里面供奉着莲花生大士的忿怒之相的化身——多吉卓洛，他踏在一尊雌虎之上，这便是对当年莲花生大士来此修行的描述。

这里的壁画不同于其他寺庙，是先绘制在布料上，再贴到墙上，类似唐卡。

佛堂里还有一座曾开口说话的莲花生大士佛像，据说这座佛像当时在普纳卡宗建造完成时，曾开口说话，称自己不属于普纳卡，应该把他送到虎穴寺，于是被移来此地。而当年虎穴寺遭遇大火时，唯独这尊佛像被完好地保存下来了，因此被不丹人尊为神迹。

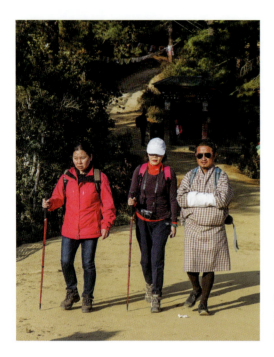

陈朝炜、倪蓓和导
游财旺在徒步上山
路途中　**杨帆摄**

队友倪蓓记载：

在虎穴寺，我们一行入寺内，在供奉莲花生大士的殿堂趺坐
礼佛时，虎穴寺住持喇嘛特地过来看我们，非常慈眉善目。当时
我跟在财旺旁边，财旺向住持稍稍介绍了我们的情况，住持也是
满心欢喜。

这里是圣洁、朝圣之地，影响着周围诸多佛教国家，所以来
此朝拜者络绎不绝。通往虎穴寺的土道完全是人走出来的，没有
任何人工修建的痕迹，对于不丹人来说，只有徒步攀登，历经艰
难到达顶端才能表达对佛祖的虔诚。

这里的树非常有意思，有些枝干是向旁伸出一截然后突然垂
直向上——这是直接拐了个直角啊。最喜欢一段山林之中的路，
那些树不知是什么树，枝杈都是虬曲而生，如群龙汇集。多种藤

通往虎穴寺的土
道完全是人走出
来的　**杨帆摄**

对于不丹人来说，只有徒步攀登，历经艰难到达顶端才能表达对佛祖的虔诚　**陆一摄**

蔓寄生于上，或干枯或变色，与树干满身的青苔和树挂一起硬是将本身粗犷张狂的大树装扮得婀娜多姿。

蒋老师描述道：

一路上眼见着虎穴寺由远及近，这建造在悬崖峭壁上的寺庙真是令人赞叹。在瀑布前，五彩的经幡在虎穴寺和对面石壁间飘扬，我真是很想知道他们是怎么把经幡悬挂起来的，看看下面深不见底的深渊，想想都是一身冷汗。在虎穴寺和瀑布之间还有一个很狭小的修行洞，传说那是莲花生大士在不丹时佛母跟随莲花生大士修行的地方。

半山腰上观景台，饮水瓶改制的转经风车，也是一种环保的体现　**杨帆摄**

在西藏亚东所见到的不丹神山卓木拉里，山背后就是我们所在的不丹　**陆一摄**

没参加过EBC徒步的队友喜欢走走停停、吹吹山风　**倪蓓摄**

进虎穴寺的安保十分严格，要把随身的行李包括相机全部寄存，再通过两名保安的检查才能进入。

虎穴寺是要自己爬上去的，导游预计上下要4个小时。但实际上我们从将近9点出发，到下午4点才下山。对于已经参加过EBC徒步的队友来讲，今天的难度不大。尽管垂直上升距离有将近1000米，但因为海拔低，对体力消耗的要求不是很高。

但是对于没有参加过EBC徒步的队友来说，这确实是一个考验。不仅仅是体力的考验，也对大家的徒步方式提出了很高的要求。不少队友经验不足，没有匀速攀登，也没有循着路径往前走，一会儿加速爬高走低、一会儿吹着山风脱衣休息。从海拔2000多米的山脚下要攀爬900多米到达海拔3300米的虎穴寺，确实比在平原地带爬山要消耗体力。最后绝大多数只参加了第二阶段不丹行程的队友，从虎穴寺下来后也陆续开始咳嗽，而且在回国后咳嗽延续了很长时间。

下山后已是傍晚，团队去了与简贝寺（Jambay Lhakhang）齐名的祈楚寺（Kyichu Lhakhang），这也是传说中藏王一天所建的108座寺庙之一。寺庙很小，却是不丹最古老的寺院，坐落在帕罗河谷，是不丹王国建造的第一批宗教堡垒之一，也是不丹皇室举行庆典的重要场所。国内外许多名人（如梁朝伟和刘嘉玲）都喜欢在此寺庙举行婚礼，以获得高僧的赐福。

传说中松赞干布一天建成的108座寺庙中，有两座在现在的不丹，一座是帕罗的祈楚寺，另一座就是布姆唐的简贝寺。简贝寺被

这些树枝权虬曲而生，如群龙汇集　**陆一摄**

对于没参加过EBC的
队友来说，一根拐杖
是少不了的　**杨帆摄**

称为不丹最古老的寺庙之一，布姆唐则是不丹的宗教发源地。

祈楚寺还是观看不丹第二高峰卓木拉里雪峰的最佳地点。
祈楚寺正对着海拔3988米的Chele La垭口，卓木拉里峰雪白的
金字塔峰顶以及她身后的姊妹峰——吉楚扎杰和次仁岗群峰，在
暮色中隐约可见，她们的背后，就是属于中国西藏亚东县地界的
帕里……

不知队友刘义新是存心的还是
被吴哥抓拍到的。作为丹姐的
丈夫，刘总你这样让太太脸上
怎么挂得住？　**吴柏赓摄**

祈楚寺区域说明　**陆一摄**

祈楚寺现为一座双寺庙建筑。第一神殿是由松赞干布在公元638年建造的，庙内供奉的释迦牟尼八岁等身像，是不丹最神圣的佛像之一。第二神殿供奉着巨大的莲花生大士佛像。

祈楚寺尽管不大，但它的庭院按佛教规制分成八个区域：

1. 饰有宝石的阳伞（佛的头顶）。从主要的入口开始，沿路都是美丽的花朵，这些花有各种形状和各种颜色，放在一起像一堆装饰成伞状的宝石。里面还有一棵古老而巨大的塞浦路斯树，它代表了保护人们免受痛苦的阳伞。

2. 吉祥的金鱼（佛的眼睛）。这是一个岩石小苑，带有小树和嵌入石头的灌木。瓦努尔树周围有一个圆形的长凳供朝圣者休息。有水顺着木沟流入雕刻的木盆，为朝圣者提供饮用水和洗涤用水。这一部分有两个含义：一是吉祥的金鱼，二是眼睛直视真理。

3. 愿望实现花瓶（佛的喉咙）。这儿有一条瀑布流入一个

佛的头顶
倪蓓摄

佛的眼睛 **杨帆摄**

浅水池。瀑布使人产生佛陀教义带来的使人入静的感受。这儿还有一条通往舍利塔的石路，小路两旁种着成串的花。池塘里种植着各种当地水生植物。丰富的植物生命象征着佛法的丰富宝藏。

4.美丽的莲花（佛的舌头）。在舍利塔后面的土地上，有一个满是梨树、桃树、李子树和石榴树的果园。果园的焦点是法国梧桐树。果园除了提供休息地方之外，也是唯一提供可食用水果的区域。该区的一部分土地利用干树叶和花园中的其他废弃物来生产有机肥料。反过来，肥料可为花园提供营养，也可以出售，

宝盖祈福
倪蓓摄

佛的声音　**杨帆摄**

为寺院创造收入。

5.海螺壳（佛的声音）。这个区域是一座芬芳的花园，有着巨大的转经筒，当来访的朝圣者旋转它时会发出声音。花园中充满了四川胡椒、金雀花、玫瑰和鸡蛋花等芳香植物。转经筒的声音和芬芳的花园代表了佛法的传播。

6.无尽结（佛的心意）。这儿有一条小溪，溪边布满了大石头。巨石代表佛陀的智慧，小溪支撑着周围植物的活力，代表着他的怜悯心。蒸发到大气中的水汽最终凝结、降雨，返回地球——自然无休止的水循环也代表着无尽结。

7.胜利的旗帜（佛的身体）。花园的最大部分被分成七个圆

佛的足迹　**倪蓓摄**

圈，每个圆圈周围都是树。每一圈树的中心都被留下来，为前来
花园里休息和野餐的朝圣者提供空间和阴凉。每一个圆圈里都种
着不同的花，例如一个圆圈里有山茱萸，而另一个圆圈里有金银
花。七个圆圈代表开悟的七个因素：正念、融入、决心、喜悦、
宁静、专心与平和。

　　8.法轮（佛的足迹）。这个区域包含通向酥油灯的石头通
道，它代表了八重路径。这条道路引导一个人穿过一座桥，象
征着在通往开悟之路上必须面对的障碍。在圆形酥油灯殿，朝
圣者可以点燃酥油灯。灯光反映了佛陀教义的传播，消除了
无知。

　　我们一行从虎穴寺下来时，天色已晚，暮霭四合，祈楚寺已
经关庙门谢客了，导游财旺把我们带进庙门，有点抱歉地对我们
说明了情况，并在庭院里为我们介绍着寺庙的历史。

　　就在这时，从第二神殿里走出一个手持佛珠的和蔼僧人，财

出得祈楚寺庙门，一轮
半月在天一方　**陆一摄**

祈楚寺庙前佛塔已经塌陷了三分之二 **陆一摄**

　　旺先抱歉地和他打了一个招呼，也许在说明这么晚了还带队进庙门参观，然后转身告诉我们：这是祈楚寺的住持。

　　当他想继续为我们解说时，没想到住持拱手示意我们跟他走，连财旺都颇觉意外，他高兴地转告我们：住持欢迎我们到来，并愿意为我们打开已经关闭的第一神殿大门。

　　这可是一桩难得的意外荣幸，我们跟着住持络绎进入供奉着释迦牟尼佛八岁等身像的佛殿，殊胜的荣耀"劫持"了所有队员的身心，大家都惊讶得说不出话来。

没有想到，当大家在主殿拜佛如仪，还没有回过神来，更为殊胜的福报光临了我们。住持开始招呼我们进入供奉佛祖八岁等身像的小殿。一般佛缘不深的话，信众进主殿也可能只是隔门遥拜。对比在拉萨大昭寺参拜佛祖十二岁等身像的拥挤和排长队，我们可以踏进小殿直接站在佛祖像前，这样的荣幸，已经超出了语言所能形容的殊胜。

但我们的福报还没有到此为止，在小殿时部分队友趺坐闭目静静地面佛，住持没有因为我们的迟迟不离开而显露丝毫愠色，反而也许看我们一行颇有佛缘，还特地示意我们递上手中的手串和念珠，转过身放到佛祖八岁等身像怀中为我们一一加持。这让我们在趺坐礼佛之余又额首庆幸，倍感佛光普照。这种加倍的殊胜礼遇，使得我们久久难忘，也给我们的不丹禅修之旅画上了一个圆满的句号。

出得庙门，天色已晚，一轮半月在天一方。

经导游点醒，祈楚寺庙前佛塔会自动塌陷，现在这座佛塔已经塌陷了三分之二，如果它全部塌陷了，就说明这个现时世界就将结束了……

但愿，祈愿，未来的那个世界会更加美好！

离开祈楚寺，我们就结束了五天的不丹禅修之旅，明天一早团队将飞回加德满都。至此，京道基金·天高道远3.0活动的全部行程完成，整个活动安全圆满结束。

天涯修行陌路上

心的萌动犹如初生　陆一摄

天地闭合

刹那的安静

不安稳的肺泡活动不复存在

一个人

行走在无数来往脚印的路上

不过没有了熙攘

踩着四季更替的树叶

踏着人生轮回的树根

思情绵绵

眼前

一片安逸

不可想象的幸福

不敢深呼吸

深怕惊动了

栖在某个角落树枝上的神鸟

驻足听风

感觉那一片树叶的翩翩落下

深怕错过了
那个唯美的秋天

三城五宗
无数的生灵
记不清的合十膜拜
念珠在思绪的指尖滑过
不经意间
化成洒落在峭壁上的水珠
珠子难捧但沁润着周遭
不经意间
变成开在光线婆娑里的紫花
闻不到她的香味但贵气依然
看似尘土的路
虔诚的细致

在虎穴寺下Taktsang山脚，松柏的虬根在地表蔓延，生命的轮回生生不息不由自主…… **陆一摄**

修行　**吴柏赓摄**

看似弯曲的径
仙境的通幽
一轮经幡
轻轻撩过发梢
不能错过的
那段唯妙时辰

天地敞开
闭合先行
白墙红棂斜阳间
阴阳虚实
起心动念
天涯修行陌路上

——记不丹禅修·下虎穴寺的路
2018年11月19日深夜有悟

京道基金2018年度事业进展

京道新设旗下基金

4月　厦门京道智盈投资合伙企业（有限合伙）

5月　厦门京道智云投资合伙企业（有限合伙）

7月　厦门京道智彤投资合伙企业（有限合伙）

7月　石狮含光投资合伙企业（有限合伙）

8月　京道富城天航投资合伙企业(有限合伙)

京道新增投资项目

3月　投资容百科技，投资金额3300万元

5月　投资蕴茂科技，投资金额1500万元

6月　投资国盾量子，投资金额19000万元

6月　投资立航科技，投资金额2000万元

6月　投资探境科技，投资金额1000万元

8月　已投项目极元科技被上市公司艾德生物并购

2018年京道大事记

6月　京道"传统文化传播在校园"开幕式暨京道华夏讲堂在华东师范大学成功举办

9月　京道基金荣获2018厦门最活跃基金TOP10

10月—11月　京道基金天高道远3.0活动·EBC徒步&不丹禅修之旅圆满举办

12月　京道基金正式乔迁新址至厦门国际金融中心8楼